LES GRANDS CLASSIQUES ILLUSTRÉS

ALICE AU PAYS DES MERVEILLES

Lewis Carroll

**Adaptation de
Eliza Gatewood Warren**

**Illustrations de
Lea Kaster**

**Traduction de
Muriel Steenhoudt**

ÉDITIONS ABC
DIVISION PAYETTE ET SIMMS INC.

LES GRANDS CLASSIQUES ILLUSTRÉS

Données de catalogage avant publication (Canada)

Caroll, Lewis, 1832-1898

Alice au pays des merveilles
(Les grands classiques illustrés)

Traduction d'après la version anglaise:
Alice in wonderland.

Pour les jeunes de 8 à 12 ans.

ISBN : 2-89495-211-2

I. Warren, Eliza Gatewood. II. Steenhoudt, Muriel. III. Kaster, Lea.
IV. Titre. V. Collection : Grands classiques illustrés

PZ23.C219AI2003   j823'.8   C2003-940998-8

Couverture © MCMXCVII
Playmore Inc., Publishers and
Waldman Publishing Corp.
New York, N.Y. Tous droits réservés.

Texte et illustrations © MCMXCVII
Playmore Inc., Publishers and
Waldman Publishing Corp.
New York, N.Y.

Version française
©Éditions ABC 2003
Tous droits réservés

Dépôts légaux : 2e trimestre 2003
Bibliothèque nationale du Québec
Bibliothèque nationale du Canada

ISBN : 2-89495-211-2

Imprimé au Canada

ÉDITIONS ABC
Division Payette & Simms Inc.
Saint-Lambert (Québec) J4R 1K5

Table des matières

Au sujet de l'auteur

Le créateur d'*Alice au pays des merveilles* est aussi étrange pour ses biographes que le sont les aventures de son personnage. En effet, Charles Lutwidge Dodgson (Lewis Carroll) semblait vivre deux vies complètement différentes.

Né le 27 janvier 1832 à Daresbury, en Angleterre, Charles L. Dodgson était fils d'un pasteur et l'aîné d'une famille de onze enfants. Petit garçon, il était assez renfermé. En 1851, il entra à l'Université d'Oxford où il devint, une fois son diplôme obtenu, un brillant professeur de mathématiques. Il publia à cette époque plusieurs traités de géométrie et de logique symbolique. En 1861, il fut ordonné diacre.

Parallèlement, Charles L. Dodgson s'adonnait à d'autres passions. En 1855, il écrivit son célèbre poème *Jabberwocky*. Il fut également l'auteur de quelques sketches et l'un des meilleurs photographes d'enfants de son siècle. Il écrivit, entre autres, deux aventures d'*Alice sous terre* qu'il avait d'abord contées aux filles d'un ami.

Charles L. Dodgson adorait les enfants – il les représenta d'ailleurs très souvent dans ses dessins et ses photographies – mais il ne se maria jamais.

Il mourut le 14 janvier 1898 à Guildford, en Angleterre, et demeure encore aujourd'hui, avec sa double vie, l'un des auteurs littéraires les plus énigmatiques du XIXe siècle.

Elle avait jeté un coup d'œil
sur le livre de sa sœur.

Chapitre 1

Dans le terrier du Lapin

Par une belle journée d'été, Alice, assise paresseusement à côté de sa sœur sur le bord de la rivière, commençait à en avoir assez de ne rien faire. Une fois ou deux, elle avait jeté un coup d'œil sur le livre que lisait sa sœur, mais il ne contenait ni images ni dialogues.

– À quoi bon lire un livre sans images ni dialogues, pensa Alice.

Alors qu'elle était en train de se demander – dans la mesure où elle en avait encore le courage, parce que tout engourdie par la chaleur – s'il valait la peine de se lever pour cueillir des pâquerettes et en tresser une guirlande, un Lapin Blanc aux yeux rouges passa près d'elle en courant.

Il n'y avait là rien de très surprenant.

Alice ne trouva d'ailleurs pas plus extraordinaire d'entendre le Lapin marmonner :

— Oh ! Mon Dieu ! Mon Dieu ! Je vais manquer un rendez-vous très important !

Lorsqu'elle y repensa par la suite, elle se dit qu'elle aurait pu s'en étonner mais, à ce moment précis, cela lui parut tout naturel.

Par contre, quand elle vit le Lapin tirer une montre de la poche de son gilet, regarder l'heure puis repartir à toute allure, Alice bondit. Elle venait de réaliser que, jamais jusque-là, elle n'avait vu un lapin vêtu d'un gilet sortir une montre de sa poche.

Brûlant de curiosité, elle s'élança derrière lui à travers champs et eut juste le temps de le voir s'engouffrer dans un large terrier sous la haie.

Sans aucune hésitation et sans même se demander comment elle ferait pour regagner la terre ferme, Alice le suivit.

Le Lapin sortit une montre
de la poche de son gilet.

Le terrier ressemblait d'abord à un tunnel, mais il présenta tout à coup une pente si inattendue qu'Alice ne put s'arrêter. Elle se sentit glisser dans ce qui semblait être un puits très profond.

Ou bien le puits était interminable, ou bien sa chute était très lente, car pendant sa descente, elle eut tout le loisir de regarder autour d'elle et de se demander ce qui allait se passer. Elle chercha d'abord à se faire une idée de l'endroit où elle atterrirait, mais il faisait trop sombre pour distinguer quoi que ce soit. Alors, elle se mit à scruter les parois du puits et s'aperçut qu'elles présentaient des placards et des étagères. Çà et là étaient accrochés des cartes et des tableaux.

Au passage, elle attrapa un pot sur lequel était écrit «Marmelade d'oranges». Mais, à son grand regret, il était vide. Alice n'osa toutefois pas lâcher le pot par crainte de tuer quelqu'un en bas et elle trouva le moyen de le déposer sur l'une des étagères devant lesquelles elle passait.

— Eh bien, pensa Alice, après une chute pareille, je n'aurai plus peur de tomber dans l'escalier !

Comme ils vont me trouver courageuse à la maison !
Même si je dégringolais du toit, je ne dirais rien !

Elle descendait et descendait sans cesse. Cette chute ne prendrait-elle donc jamais fin ?

– Je me demande combien de kilomètres j'ai parcourus, dit-elle à haute voix. Je dois m'approcher du centre de la terre. Voyons, cela doit faire environ quatre mille kilomètres, je crois…

Comme vous le voyez, Alice avait appris quelque chose à l'école et, bien que ce ne fût pas le moment d'étaler sa science puisqu'il n'y avait personne pour l'écouter, c'était au moins un bon exercice.

– Mais alors, je me demande à quelle latitude et à quelle longitude je me trouve, reprit-elle.

Alice n'avait pas la moindre idée de ce que ces mots signifiaient, mais elle les trouvait beaux et agréables à prononcer.

– Je me demande, continua-t-elle, si je vais traverser la terre. Quand je vais atterrir, je devrai demander aux gens le nom de leur pays : «Excusez-moi, Madame, suis-je en Nouvelle-Zélande ou en Australie ?»

Elle descendait et descendait sans cesse.

ALICE AU PAYS DES MERVEILLES

En parlant, Alice voulut faire une révérence. Imaginez ce que peut être une révérence quand vous tombez dans le vide ! Essayez donc un peu pour voir !

— Mais elle risque de me prendre pour une petite ignorante. Non, il vaut mieux ne rien demander et je verrai sans doute le nom du pays inscrit quelque part.

Alice descendait et descendait encore et encore. Comme il n'y avait rien d'autre à faire, elle se remit à parler – cette fois de sa chatte adorée, Dinah.

— Je vais beaucoup manquer à Dinah ce soir. J'espère qu'on n'oubliera pas sa soucoupe de lait à l'heure du thé. Dinah, ma chérie, je voudrais que tu sois ici avec moi. Il n'y a pas de souris dans les airs, mais tu pourrais attraper des chauves-souris, ça se ressemble. Mais est-ce que les chats mangent les chauves-souris ?

Alice commençait à s'endormir et dans son rêve, elle continua à répéter :

– Est-ce que les chats mangent les chauves-souris ? Est-ce que les chats mangent les chauves-souris ? Est-ce que les chauves-souris mangent les chats ?

En effet, comme elle ne pouvait répondre à aucune de ces deux questions, peu importait l'ordre dans lequel elle mettait les termes.

Alice sentait qu'elle s'endormait. Elle rêvait qu'elle marchait en donnant la main à Dinah et lui demandait très sérieusement :

– Maintenant, Dinah, dis-moi la vérité : as-tu jamais mangé une chauve-souris ?

Quand tout à coup, patatras ! Elle tomba sur un tas de feuilles mortes. Elle était enfin arrivée.

Alice ne s'était pas fait mal et elle se releva aussitôt pour jeter un coup d'œil autour d'elle. Mais tout était noir. Devant elle s'étendait un autre long couloir et elle put encore voir le Lapin Blanc qui déambulait allègrement.

Il n'y avait pas une minute à perdre. Alice fila, aussi rapide que le vent, et arriva juste à temps pour l'entendre dire, au moment où il disparaissait dans un tournant :

Elle était enfin arrivée.

– Par mes oreilles et mes moustaches, comme il se fait tard !

Elle le suivait de près et pourtant, dès qu'elle eut tourné le coin, elle ne le vit plus. Alice se trouvait dans un couloir long et bas, éclairé par une rangée de lampes suspendues au plafond. Il y avait des portes de chaque côté du couloir, mais elles étaient toutes fermées à clé. Alice essaya d'ouvrir chacune d'elles en descendant d'un côté, puis en remontant de l'autre, mais en vain. Elle revint tristement au milieu du couloir, se demandant comment elle allait pouvoir sortir de là.

Soudain, ses yeux s'arrêtèrent sur une petite table à trois pieds en verre massif.

Il n'y avait dessus qu'une minuscule clé en or. Alice crut d'abord que ce pouvait être la clé d'une des portes du couloir.

Hélas ! Les serrures étaient-elles trop grandes ou bien la clé trop petite ? Toujours est-il qu'elle ne put ouvrir aucune porte.

Au deuxième coup d'œil, elle remarqua un rideau qu'elle n'avait pas vu plus tôt. Derrière ce rideau, il y avait une petite porte haute de moins de cinquante centimètres. Elle glissa la minuscule clé en or dans la serrure et constata, à sa grande joie, qu'elle s'ajustait à merveille.

Alice ouvrit la porte et découvrit qu'elle menait à un couloir étroit, pas beaucoup plus grand qu'un trou à rat. Elle se mit à genoux et aperçut, au bout de ce couloir, le plus joli jardin du monde.

Comme elle aurait voulu sortir de cet endroit sombre pour se promener parmi ces parterres de fleurs éclatantes et ces fraîches fontaines ! Mais elle ne pouvait même pas glisser sa tête dans l'ouverture de la porte.

— Et même si ma tête passait, se dit la pauvre Alice, mes épaules ne suivraient pas. Oh, comme j'aimerais pouvoir rentrer en moi-même comme un télescope. Je le pourrais bien si seulement je savais par où commencer.

En effet, tant d'événements extraordinaires venaient de se produire, qu'elle en arrivait à penser qu'à peu près rien n'était vraiment impossible.

Elle trouva une petite bouteille.

Comme il lui semblait inutile d'attendre plus longtemps devant la petite porte, elle revint vers la table avec le vague espoir d'y découvrir une autre clé ou, tout au moins, un mode d'emploi expliquant «La manière d'entrer en soi-même comme un télescope».

Cette fois, elle trouva une petite bouteille qui ne se trouvait certainement pas à cet endroit auparavant. Autour du goulot de la bouteille pendait une étiquette avec ces mots magnifiquement imprimés en lettres majuscules : «BOIS-MOI».

C'était bien joli de dire «BOIS-MOI», mais Alice était une petite fille sage et il n'était pas question d'être aussi imprudente.

— Je vais d'abord vérifier, se dit-elle, si le mot «poison» n'est pas inscrit quelque part.

Elle avait lu plusieurs histoires d'enfants brûlés vifs ou dévorés par des bêtes féroces et à qui il était arrivé toutes sortes d'aventures fâcheuses parce qu'ils ne s'étaient pas souvenus des conseils qu'on leur avait inculqués :

«Premièrement, ne tenez pas un tisonnier rouge trop longtemps parce qu'il vous brûlerait. Deuxièmement, ne vous coupez pas trop profondément avec un couteau parce que cela vous ferait saigner. Troisièmement, si vous buvez une trop grande quantité du contenu d'une bouteille sur laquelle le mot "poison" apparaît, vous le regretterez certainement tôt ou tard.»

De toute évidence, cette bouteille-là semblait sans danger et Alice se risqua à en goûter le contenu. C'était si délicieux – une saveur de tarte aux cerises mêlée de flan, d'ananas, de dinde rôtie, de caramel et de biscotte beurrée – qu'elle la vida d'un trait!

– Quelle étrange sensation, se dit Alice, j'ai l'impression de rentrer en moi-même comme un télescope.

Et c'était exactement cela. Elle ne mesurait plus que vingt centimètres de long et son visage s'illumina à l'idée qu'elle avait maintenant la taille qu'il fallait pour franchir la petite porte qui menait au magnifique jardin.

« Quelle étrange sensation ! »

Mais elle attendit un moment pour savoir si elle allait encore rapetisser. Cela la rendait un peu nerveuse :

— Je pourrais bien fondre complètement, se dit Alice, comme une bougie. Je me demande ce qui se passerait alors...

Et elle essaya de s'imaginer à quoi pouvait ressembler la flamme d'une bougie lorsque celle-ci est complètement fondue, parce qu'elle n'avait jamais vu une telle chose.

Peu après, comme il ne se passait plus rien, elle décida de se rendre dans le jardin. Malheureusement, une fois arrivée devant la porte, la pauvre Alice se rendit compte qu'elle avait oublié la petite clé en or ! Elle retourna rapidement à la table, mais comprit qu'elle était maintenant trop minuscule pour l'atteindre.

Alice voyait la clé très distinctement à travers le verre et elle tenta de monter le long d'un des pieds de la table, mais c'était trop glissant. Épuisée par l'effort, la pauvre enfant s'assit par terre et se mit à pleurer :

– Allons, à quoi sert de pleurer comme ça, se dit-elle sévèrement, arrête-toi tout de suite !

Elle se donnait en général de bons conseils – mais ne les suivait que très rarement.

Il lui arrivait de se gronder si fort qu'elle en avait les larmes aux yeux. Elle se souvenait s'être déjà tiré les oreilles pour avoir triché au cours d'une partie de croquet qu'elle jouait contre elle-même. Car cette enfant se plaisait à s'imaginer comme étant deux personnes.

– Mais cela ne sert plus à rien, maintenant, pensa Alice, de prétendre être deux quand il reste à peine assez de moi pour faire une seule personne.

Tout à coup, son regard se porta sur une toute petite boîte sous la table. Elle l'ouvrit et y trouva un petit gâteau sur lequel les mots « MANGE-MOI » étaient joliment écrits.

– Eh bien, je vais le manger, décida Alice. Et s'il me fait grandir, je pourrai attraper la clé. Et s'il me fait rapetisser, je pourrai me glisser sous la porte. Dans un sens comme dans l'autre, je pour-rai pénétrer dans le jardin.

« Eh bien, je vais le manger. »

Elle grignota un morceau du gâteau et posa sa main sur sa tête afin de sentir si elle allait grandir ou rapetisser. Elle resta stupéfaite en constatant qu'elle gardait la même taille. En réalité, c'est ce qui arrive habituellement lorsqu'on mange un gâteau, n'est-ce pas ?

Mais Alice était désormais tellement habituée à des événements extraordinaires qu'il lui parut triste et stupide de constater qu'il ne se produisait rien d'anormal.

Elle reprit donc le petit gâteau et décida de l'avaler en entier.

Chapitre 2

La mare aux larmes

– De plus en plus bizarrieux! s'écria Alice, tellement surprise qu'elle n'arrivait même plus à parler correctement. Maintenant, j'allonge comme si j'étais le plus grand télescope du monde.

Lorsque Alice regardait ses pieds, ils lui paraissaient presque avoir disparu tant ils étaient loin:

– Adieu, petits pieds! leur cria-t-elle. Oh! Mes pauvres petits pieds, qui vous mettra vos chaussures et vos chaussettes à présent? Je

« Adieu, petits pieds ! »

serai trop loin et incapable de m'occuper de vous. Il vous faudra vous débrouiller tout seuls... Mais il faut que je sois gentille avec eux, pensa Alice, sinon ils ne voudront plus marcher. Voyons... je pourrais leur offrir une nouvelle paire de chaussures à chaque Noël...

Et, alors qu'elle s'imaginait déjà comment faire, elle pensa :

– Comme c'est drôle : envoyer un cadeau à ses propres pieds. Qu'est-ce que je raconte comme bêtises !

À ce moment précis, sa tête heurta le plafond du couloir. Elle mesurait maintenant presque trois mètres de haut.

Elle saisit la petite clé en or et se précipita vers la porte du jardin. Pauvre Alice ! Tout ce qu'elle pouvait maintenant faire, c'était se coucher sur le côté pour regarder le jardin d'un œil. Mais passer la porte lui était plus impossible que jamais. Triste et frustrée, il ne lui restait plus qu'à sangloter.

– Tu devrais avoir honte, se dit-elle. Une grande fille comme toi qui pleure de la sorte ! Cesse immédiatement, je te l'ordonne !

Mais Alice continua à pleurer et à déverser des litres de larmes, si bien qu'il se forma autour d'elle une mare profonde d'une dizaine de centimètres qui atteignait la moitié du couloir.

Un peu plus tard, elle entendit un petit bruit de pas dans le lointain. Elle s'essuya les yeux pour voir qui arrivait. C'était le Lapin Blanc qui revenait, élégamment vêtu, une paire de gants de chevreau blancs dans une main et un éventail dans l'autre.

Il trottinait aussi vite qu'il le pouvait et marmottait quelque chose :

– Oh ! La Duchesse ! La Duchesse ! Elle va être extrêmement en colère si je la fais attendre !

Alice se sentait si désespérée qu'elle aurait demandé de l'aide à n'importe qui. Ainsi, lorsque le Lapin fut assez près d'elle, elle lui dit d'une voix timide :

Le Lapin laissa tomber
ses gants et son éventail.

– S'il vous plaît, Monsieur...

À son grand étonnement, le Lapin sursauta, laissa tomber ses gants de chevreau blancs et son éventail et s'enfuit à toute vitesse dans l'obscurité.

Alice ramassa l'éventail et les gants et, comme il faisait très chaud dans le couloir, s'éventa en se disant, d'un air étonné :

– Mon Dieu ! Mon Dieu ! Comme tout est bizarre aujourd'hui ! Dire qu'hier, tout se passait normalement. Est-ce que j'aurais changé pendant la nuit ? Voyons... étais-je la même personne lorsque je me suis levée ce matin ? À dire vrai, il me semble m'être sentie un peu différente. Mais si je ne suis plus la même, qui suis-je ? Ah ! Quel terrible problème !

Et elle commença à penser à toutes les petites filles de son âge qu'elle connaissait pour savoir si elle n'était pas devenue l'une d'elles.

– Je suis certaine de ne pas être Ada, dit-elle, parce que ses cheveux sont bouclés et les miens pas du tout. Je suis certaine de ne pas être

Mabel, parce que je connais beaucoup de choses et elle, très peu. D'ailleurs, elle est elle et je suis moi. Oh! Mon Dieu, que c'est compliqué!

Tout en parlant, Alice réfléchissait:

– Je vais essayer de me souvenir de tout ce que je connaissais. Voyons: quatre fois sept font... Oh! Mon Dieu! Je n'aurai jamais dix sur dix de cette manière-là... Essayons la géographie. Londres est la capitale de Paris et Paris est la capitale de Rome – non, c'est tout faux! J'en suis sûre! Je dois être devenue Mabel. Je vais essayer de réciter «Comme le petit crocodile».

Elle croisa les bras comme on le fait pour réciter une leçon. Mais sa voix était étrangement rauque et les mots ne sortaient pas comme d'habitude:

«Comme le petit crocodile
Aime montrer sa queue moirée,
Et répandre les eaux du Nil
Sur ses écailles dorées!
Comme il sourit aimablement,

« Quatre fois sept font... »

Comme il déploie ses griffes allègrement,
Et, entre-temps, accueille gentiment
Les petits poissons entre ses dents!»

— Je suis sûre que ce ne sont pas les bonnes paroles, gémit Alice, et ses yeux s'emplirent de nouveau de larmes. Je dois être Mabel, après tout. Je devrai vivre dans sa maison, et je n'aurai presque plus de jouets, et j'aurai tant de leçons à apprendre! Oh non! C'est décidé, si je suis Mabel, je reste ici. Ils auront beau m'appeler de là-haut et crier «Reviens, ma chérie!», je regarderai en l'air et je répondrai:

— Qui suis-je?

Alice respira profondément, attendit un instant puis reprit:

— Dites-moi d'abord qui je suis et, si j'aime être cette personne, je remonterai. Sinon, je resterai ici jusqu'à ce que je sois devenue quelqu'un d'autre. Mais... Oh! Mon Dieu! s'écria Alice dans un nouvel élan de larmes, j'aimerais tant que l'on m'appelle! J'en ai vraiment assez d'être ici toute seule!

En parlant, Alice s'aperçut tout à coup qu'elle avait mis l'un des gants blancs du Lapin :

— Comment est-ce possible ? se demanda-t-elle. Je dois être en train de rapetisser.

Elle se redressa et se mesura à la table. À son avis, elle ne mesurait plus qu'une cinquantaine de centimètres et continuait à rapetisser à vue d'œil. Elle réalisa que c'était à cause de l'éventail qu'elle avait en main et le lâcha juste à temps pour ne pas disparaître complètement.

— Il était temps d'agir, se dit Alice, assez effrayée de ce changement radical, mais très contente d'être toujours en vie. Et maintenant, vite au jardin !

Elle courut à toute vitesse vers la petite porte, mais cette dernière était de nouveau fermée et la clé en or se trouvait toujours sur la table :

— Ça va de mal en pis, pensa Alice, je n'ai jamais été aussi petite ! Jamais ! Que je suis malheureuse !

À ces mots, son pied glissa et plouf ! elle disparut jusqu'au menton dans l'eau salée.

Elle avait de l'eau salée jusqu'au menton.

ALICE AU PAYS DES MERVEILLES

Alice crut d'abord qu'elle était tombée à la mer, mais elle se rendit bien vite compte qu'elle se trouvait en réalité dans la mare qu'elle avait elle-même créée en pleurant, alors qu'elle mesurait trois mètres.

– Je n'aurais pas dû pleurer autant, se dit Alice en nageant pour essayer de trouver son chemin. Je vais être bien punie car je vais me noyer dans mes propres larmes ! Ce sera étrange bien entendu, mais tout est bizarre aujourd'hui.

À ce moment précis, elle entendit quelque chose qui se débattait dans la mare tout près d'elle. Elle crut d'abord qu'il s'agissait d'un phoque ou d'un hippopotame, mais elle se souvint de sa petite taille et réalisa que c'était une Souris.

– Devrais-je lui adresser la parole ? se demanda Alice. Tout est si extraordinaire, ici... Il est probable que cette Souris parle. De toute façon, je ne risque rien à essayer.

Et elle commença :

— Ohé! Souris! Connaissez-vous un moyen de sortir de cette mare? J'en ai assez de nager. Ohé! Souris!

Bien qu'elle ne l'ait jamais fait, Alice pensait que c'était la manière adéquate de s'adresser à une souris.

La Souris la regarda avec curiosité, cligna de l'œil, mais ne répondit pas.

— Peut-être qu'elle ne comprend pas ma langue, pensa Alice. C'est peut-être une souris française arrivée avec Guillaume le Conquérant. Car la petite fille avait la tête pleine d'imagination et de connaissances, mais aucune notion du temps qui s'était écoulé depuis cet événement historique.

Elle prononça alors la première phrase de son livre de français «Où est donc ma chatte?»

La Souris bondit hors de l'eau et frissonna d'épouvante.

— Oh! Excusez-moi, s'écria Alice, j'oubliais que vous n'aimez pas les chats.

« Ohé ! Souris ! » s'écria-t-elle.

– Non, en effet, je n'aime pas les chats, cria la Souris d'une voix aiguë. Vous les aimeriez si vous étiez à ma place ?

– Peut-être pas, admit Alice d'une voix aimable. Mais ne vous fâchez pas. Comme j'aimerais vous présenter ma chatte Dinah. Si vous pouviez la rencontrer, vous changeriez sûrement d'avis au sujet des chats. Elle est si gentille.

Alice continua en traversant paresseusement la mare :

– Elle ronronne si adorablement près du feu en se léchant les pattes et en se lavant le museau. Et elle attrape si bien les souris ! Oh, je vous demande pardon ! s'excusa de nouveau Alice, car la Souris était toute hérissée. Nous ne parlerons plus de Dinah puisque cela vous fait si peur.

– Nous n'en parlerons plus, en effet, s'écria la Souris qui tremblait jusqu'au bout de la queue. Comme si moi, j'avais abordé un tel sujet ! Notre famille a toujours exécré les chats – des créatures vicieuses, méprisables et vulgaires ! Je ne veux plus jamais entendre prononcer le mot « chat » !

– Je vous le promets, répondit Alice, qui avait hâte de changer de sujet. Préférez-vous... les... les chiens...?

La Souris n'eut aucune réaction et Alice continua vivement :

– Il y a un petit chien adorable près de chez nous – un petit fox-terrier avec des yeux brillants. Il rapporte tout ce qu'on lui lance, il fait le beau pour recevoir à manger, il fait toutes sortes de choses... En fait, il appartient à un fermier qui dit qu'il tue toutes les souris et que... Oh ! Mon Dieu ! s'écria Alice, désolée, je vous ai de nouveau offensée !

Et elle ne se trompait pas, car la Souris s'éloignait à la nage aussi vite qu'elle le pouvait, en remuant beaucoup d'eau sur son passage.

Alice l'appela de sa voix la plus douce :

Il était grand temps de quitter la mare.

– Petite Souris, revenez ! Je vous en prie !
Nous ne parlerons plus de chats ni de chiens,
puisque vous ne les aimez pas.

À ces mots, la Souris fit demi-tour et se
rapprocha d'Alice. Sa petite tête était toute pâle
et elle dit d'une voix tremblante :

– Allons sur le rivage, je vous raconterai
mon histoire et vous comprendrez pourquoi je
déteste les chats et les chiens.

Il était grand temps de quitter la mare qui
était à présent occupée par les oiseaux et autres
animaux qui y étaient tombés. Alice n'en croyait
pas ses yeux. Elle regardait tout autour d'elle
cette étendue d'eau qui provenait de ses propres
larmes.

Il était déjà très invraisemblable qu'elle ait
assez pleuré pour créer une mare suffisamment
grande pour que la Souris et elle y nagent. Mais
il n'y avait à présent presque plus de place pour
elles ! Toutes sortes de créatures nageaient dans
les larmes d'Alice. Il y avait un Canard et un
Dodo, un grand oiseau plutôt disgracieux qui ne

savait pas voler, un Perroquet au plumage très coloré qu'on appelait Lori, un Aiglon, et nombre d'autres créatures curieuses. Toute la bande suivit Alice en direction de la terre ferme.

Alice indiquait le chemin.

Chapitre 3

Une course au caucus
et une longue histoire

Ce fut en vérité une bien drôle d'assemblée qui se réunit sur la rive – les oiseaux traînaient leurs plumes mouillées, les autres animaux avaient les poils collés au corps, tous étaient complètement trempés, de mauvaise humeur et mal à l'aise.

La première question fut bien entendu de savoir comment se sécher. Ils eurent une petite conversation qui rassura Alice et elle s'adressa ensuite à eux comme si elle les connaissait depuis toujours.

Malheureusement, elle eut une assez longue discussion avec le Lori qui était devenu maussade et lui répétait sans cesse :

– Je suis plus vieux que vous, donc je sais mieux que vous !

Alice n'en était pas convaincue puisqu'elle ne connaissait pas son âge et lui, refusait de le lui dire. Mais elle pensa qu'il valait mieux couper court à la conversation.

Finalement, la Souris, qui semblait avoir une certaine influence sur l'assemblée, prit la parole :

– Asseyez-vous tous et écoutez-moi ! J'aurai vite fait de vous sécher ! Voilà ce que je connais de plus sec !

Et la Souris se lança dans une longue et ennuyeuse page de l'histoire d'Angleterre qui endormit quasiment tout l'auditoire.

– Pouah ! fit le Dodo en frissonnant...

– Je vous demande pardon, dit la Souris d'un air pincé, mais en essayant de rester polie. Avez-vous dit quelque chose ?

– Je suis désolé, mais je suis toujours aussi mouillé, expliqua le pauvre Dodo qui s'ennuyait à mourir. Je pense que la meilleure chose à faire pour se sécher, c'est une course au caucus.

« Je suis toujours aussi mouillé ! »

— Qu'est-ce qu'un «caucus»? demanda Alice dans le silence général.

— Eh bien, disons que c'est... un... rassemblement, répondit le Dodo en paradant et battant des ailes comme pour se rendre important. Oui, c'est exactement cela, un groupe de personnes qui se rassemblent. Vous savez, comme un parti politique. Un jour, quelqu'un m'a expliqué tout cela en détail, mais je ne me souviens plus qui.

— Je vois, répondit Alice, pour poursuivre la conversation. Eh bien, nous sommes certainement assez nombreux ici pour tenir un caucus. Mais, si je peux me permettre, qu'est-ce qu'une course au caucus?

— Eh bien, dit le Dodo, le meilleur moyen d'expliquer la chose, c'est de l'essayer! D'un large geste, il cassa une branche de lilas pour délimiter un cercle qui servirait de piste de course. Ensuite, le grand oiseau plaça tous les membres du groupe de-ci, de-là, un peu au hasard, dans le champ de course.

Personne ne cria «Un, deux, trois... Partez!», mais tous se mirent à courir et à s'arrêter selon leur bon plaisir, de sorte qu'il n'était pas facile de savoir quand la course se terminerait.

Cependant, après une demi-heure environ, ils étaient fin secs et le Dodo déclara la course terminée.

À bout de souffle, ils s'amassèrent autour de lui pour demander:

— Mais qui a gagné?

Le Dodo ne pouvait répondre à cette question sans y réfléchir longuement. Il resta donc assis pendant un certain temps, le doigt sur le front, tandis que tous les autres attendaient en silence. Soudain, il décréta:

— Tout le monde a gagné et tout le monde doit recevoir un prix.

— Mais qui remettra les prix? demandèrent-ils tous en chœur.

— Eh bien, elle, bien sûr, répondit le Dodo en pointant son aile dans la direction d'Alice.

Et tout l'attroupement forma un cercle autour d'Alice en hurlant:

Toutes les créatures se mirent à courir.

— Les prix! Les prix!

Alice ne savait trop que faire. En désespoir de cause, elle plongea la main dans sa poche et en sortit une boîte de bonbons. Elle les offrit en guise de prix. Heureusement, il y en avait juste assez pour tout le monde.

— Mais Alice doit avoir un prix, elle aussi, intervint la Souris.

— Évidemment, approuva le Dodo. Qu'est-ce que vous avez d'autre dans vos poches? continua-t-il.

— Rien qu'un dé à coudre, répondit tristement Alice.

— Donnez-le-moi, dit le Dodo.

Alors, ils formèrent un cercle autour d'elle et le Dodo présenta solennellement le dé en disant:

— Nous vous demandons de bien vouloir accepter ce petit dé à coudre.

Quand il eut fini son discours, ils se mirent tous à applaudir et à la féliciter.

Alice trouva cette cérémonie assez absurde, mais ses amis semblaient si sérieux qu'elle n'osa pas rire. Et comme elle ne savait pas quoi répondre, elle s'inclina poliment et prit le dé, aussi sérieusement qu'elle le put.

Ensuite, le petit groupe mangea ses friandises dans la confusion la plus générale, puisque les grands oiseaux se plaignirent de ne pouvoir les goûter alors que les petits s'étouffèrent au point qu'il fallut leur tapoter le dos. Quand ils en furent venus à bout, ils se rassirent en cercle.

– Vous m'aviez promis de me raconter votre histoire, rappela Alice à la Souris, et de m'expliquer pourquoi vous haïssez les chats et les chiens... ajouta-t-elle tout doucement, de peur de l'offenser de nouveau.

– C'est que c'est une histoire bien longue et bien triste, dit la Souris en se tournant vers Alice et en soupirant.

– Cette queue est en effet bien longue, je le vois, répondit Alice qui avait mal entendu. Mais pourquoi dites-vous qu'elle est triste ?

Alice était toujours préoccupée quand la Souris commença, ce qui fait que l'histoire de la Souris se présenta un peu comme ceci :

« C'est une histoire bien longue ! »

«Fury dit à une souris qu'il avait rencontrée dans la maison:

– Allons en justice. Je vous poursuivrai. Allez, je n'accepterai pas d'excuses, nous devons faire un procès. Car, vraiment ce matin, je n'ai rien à faire.

La souris dit au roquet:

– Faire un tel procès sans juge ni jury, mon cher Monsieur, nous allons perdre notre temps.

– Je serai le juge et le jury, répondit le vieux Fury avec malice. Je jugerai la cause et vous condamnerai à mort!»

– Vous ne m'écoutez pas, dit sévèrement la Souris à Alice. À quoi pensez-vous? Vous m'offensez une fois de plus!

– Je vous demande bien pardon, s'excusa Alice, ce n'était pas mon intention, mais vous êtes bien trop susceptible.

Pour toute réponse, la Souris grogna.

– Je vous en prie, revenez et finissez votre histoire, cria Alice.

Et tous les autres reprirent en chœur:

— Oh oui, revenez!

Mais la Souris se limita à secouer la tête avec irritation et s'éloigna un peu plus vite.

— Quel dommage qu'elle soit partie, soupira le Lori dès que la Souris fut hors de vue.

Une vieille mère Crabe en profita alors pour dire à sa fille:

— Tu vois, ma chérie! Puisse cela t'apprendre à ne jamais te mettre en colère!

— Excusez-moi, Maman, répondit la jeune Crabe avec impertinence, mais vous feriez même perdre patience à une huître!

— Je voudrais tellement que Dinah soit ici, dit Alice à voix haute, ne s'adressant à personne en particulier. Elle nous ramènerait bien vite la Souris!

— Qui est donc cette Dinah? demanda le Lori.

Le visage d'Alice s'illumina et elle répondit avec empressement:

— Dinah est notre chatte. C'est la meilleure pour attraper les souris! Et comme je voudrais

La Souris grogna et s'en alla.

que vous la voyiez chasser les oiseaux! À peine vu, il est déjà croqué!

L'intervention d'Alice provoqua une étonnante réaction dans l'assemblée. Certains oiseaux s'envolèrent sur-le-champ.

Une vieille Pie rassembla toutes ses affaires et annonça:

— Il faut que je rentre à la maison immédiatement, sinon je risque de prendre froid.

Un Canari appela ses petits d'une voix tremblante:

— Venez vite, mes chéris. Il est temps d'aller au lit.

Ils trouvèrent tous un prétexte pour s'éclipser et Alice resta seule.

— Je n'aurais pas dû parler de Dinah, se dit-elle d'un ton mélancolique. Personne ne semble l'aimer ici et pourtant, je suis certaine qu'il n'y a pas meilleure chatte au monde! Oh! Ma Dinah chérie! Je me demande si je te reverrai un jour!

ALICE AU PAYS DES MERVEILLES

Et sur ce, Alice s'assit sur une souche d'arbre et se remit à pleurer. Au bout d'un moment, elle entendit un léger trottinement dans le lointain et eut le vague espoir que la Souris avait changé d'avis et revenait pour terminer son histoire.

« Oh ! Ma fourrure ! Mes moustaches ! »

Chapitre 4

Il y a Pierre et pierres

C'était le Lapin Blanc qui revenait en trottant d'un air anxieux, comme s'il avait perdu quelque chose. Il bougonnait :

– La Duchesse ! La Duchesse ! Oh, mes pauvres pattes ! Ma fourrure ! Mes moustaches ! Elle va m'assassiner, c'est certain ! Où ai-je pu les laisser ?

Alice devina qu'il était à la recherche de son éventail et de ses gants de chevreau blancs.

Tout naturellement, elle voulut l'aider, mais en vain. Tout semblait avoir changé depuis leur aventure dans la mare aux larmes. Le grand couloir, la table en verre et la petite porte avaient complète-ment disparu.

Le Lapin remarqua Alice assez vite. Il l'appela d'une voix indignée :

— Marie-Anne, que faites-vous ici ? Rentrez à la maison immédiatement et rapportez-moi une paire de gants et un éventail. Et plus vite que ça !

— Il a dû me prendre pour sa servante, se dit la petite fille, en prenant la direction qu'il avait indi-quée. Comme il sera surpris d'apprendre qui je suis réellement. Mais je crois que j'ai intérêt à lui rame-ner son éventail et ses gants, si je les trouve...

Alice arriva ainsi devant une jolie maison-nette. La porte portait une plaque de cuivre gravée au nom de « L. Blanc ».

Elle entra sans frapper et gravit les escaliers quatre à quatre car elle voulait trouver les gants et l'éventail au plus vite, avant de rencontrer la vraie Marie-Anne et d'être mise à la porte.

— Comme c'est étrange, se dit Alice, de faire des commissions pour un lapin ! Je suppose que bientôt, j'obéirai aux ordres de Dinah !

Alice arriva devant une jolie maisonnette.

Entre-temps, elle était arrivée dans une petite pièce où elle trouva l'éventail et les gants sur une table. Au moment de partir, elle remarqua une bouteille posée près du miroir. Bien que celle-ci ne portât aucune étiquette «BOIS-MOI», Alice l'ouvrit et la porta à sa bouche.

– Je sais que quelque chose d'intéressant va se produire si je mange ou si je bois, murmura-t-elle. J'espère que je vais grandir de nouveau, parce que vraiment, je suis lasse d'être si petite!

Ce qu'elle souhaitait arriva bien plus vite qu'elle ne l'aurait cru. Avant même d'avoir bu la moitié de la bouteille, sa tête s'écrasa contre le plafond et elle dut s'arrêter net de boire pour ne pas se briser le cou.

Elle déposa rapidement la bouteille et pensa:

– Mon Dieu! Ça suffit! J'espère que je ne vais plus grandir. Je ne peux déjà plus passer la porte. Je n'aurais pas dû boire autant.

Hélas, il était trop tard. Alice continua de grandir et de grandir encore. Bientôt, elle dut s'agenouiller. Et la minute suivante, elle fut obligée de s'étendre sur le sol, un coude replié contre la porte et l'autre autour de sa tête. Mais elle continua de grandir et n'eut d'autre choix que de passer un bras par la fenêtre et un pied dans la cheminée. Par bonheur, l'effet de la petite bouteille magique s'arrêta là. Alice cessa de grandir.

– Finalement, c'était quand même bien plus plaisant à la maison, se dit Alice. Je n'étais pas toujours ou trop grande, ou trop petite, et je ne devais pas répondre aux ordres des souris et des lapins. J'en suis presque à regretter d'être descendue dans ce terrier. Et pourtant... c'est plutôt drôle, cette vie. Quand je lisais des contes de fées, je croyais que ce genre de choses n'arrivaient pas. Et maintenant, je me trouve au beau milieu d'un conte de fées.

Soudain, Alice entendit une voix au dehors et s'arrêta de penser pour écouter :

– Marie-Anne ! Marie-Anne ! s'écriait nerveusement quelqu'un. Mes gants ! Immédiatement !

« Ah, ça, non ! » pensa Alice.

Elle entendit ensuite un bruit de pas dans l'escalier. Elle savait que c'était le Lapin Blanc qui venait la chercher et elle se mit à trembler au point de secouer la maison. En fait, elle était maintenant environ mille fois plus grande que le Lapin et n'avait aucune raison de le craindre.

Le Lapin Blanc arriva devant la porte et essaya de l'ouvrir, mais Alice poussa du coude et il ne parvint pas à rentrer. Alice l'entendit marmonner :

– Tant pis, je passerai par la fenêtre !

– Ah, ça, non ! pensa Alice. Et lorsqu'elle crut que le Lapin se trouvait sous la fenêtre, elle allongea le bras pour tenter de l'attraper, sans résultat.

Elle entendit un petit cri, puis une chute et un bris de verre. Elle conclut que le Lapin avait dû tomber dans une petite serre ou quelque chose de ce genre.

Pendant un certain temps, elle n'entendit plus rien. Puis, tout à coup, elle entendit arriver une voiture et un groupe de personnes qui parlaient toutes en même temps.

Elle saisit quelques phrases au vol : – Où est l'échelle ? – C'est Pierre qui a l'autre. – Pierre, apportez-la ici. – Attrapez cette corde ! – Est-ce que le toit va tenir le coup ? – Attention aux ardoises ! – Oh, elles tombent ! – Qui va descendre dans la cheminée ? – C'est Pierre, bien sûr. Allez Pierre !

– Bon ! Ainsi, Pierre va descendre dans la cheminée... se dit Alice. Eh bien, je ne voudrais pas être à sa place pour tout l'or du monde ! La cheminée est étroite, c'est certain, mais je crois pouvoir donner un petit coup de pied dedans.

Alice enfonça son pied aussi loin qu'elle put dans la cheminée et attendit. Un petit animal descendit au-dessus de son pied en tâtonnant et en s'agrippant aux parois de la cheminée.

– Ce doit être Pierre, dit-elle. Et elle donna un petit coup sec puis écouta pour savoir ce qui allait se passer.

– Voilà Pierre ! crièrent-ils en chœur. Puis le Lapin ajouta :

– Attrapez-le, vous là-bas, près de la haie !

« Je crois pouvoir donner
un petit coup de pied. »

Puis il y eut un silence, et une nouvelle discussion : — Soulevez-lui la tête ! — Ne le secouez pas ! — Qu'est-ce qui s'est passé, mon vieux ? — Racontez-nous ça !

Enfin elle entendit une petite voix faible et gémissante qu'elle crut être celle de Pierre :

— Tout ce que je sais, c'est que quelque chose s'est jeté sur moi et que j'ai été projeté dans les airs comme une fusée.

— C'était tout à fait ça, mon vieux ! dirent les autres.

— Il faut mettre le feu à la maison, dit le Lapin.

Alors Alice cria aussi fort qu'elle put :

— Si vous osez faire ça, j'envoie Dinah à vos trousses !

Il y eut un silence de mort et Alice pensa :

— Je me demande ce qu'ils vont faire maintenant. S'ils avaient un minimum de bon sens, ils soulèveraient le toit.

Après quelques minutes, Alice entendit le Lapin dire :

– Une brouettée suffira pour commencer.

– Une brouettée, mais une brouettée de quoi? se demanda Alice.

La réponse fut rapide: une grêle de petites pierres vinrent cingler la fenêtre et quelques-unes l'atteignirent au visage. Elle se dit qu'elle allait mettre un terme à cela tout de suite et hurla:

– Vous feriez mieux de ne pas recommencer!

Ce qui provoqua un nouveau silence de mort.

À son grand étonnement, Alice remarqua que les petites pierres se transformaient en petits fours et une idée lumineuse traversa son esprit:

– Probablement que si j'en mange un, se dit-elle, ma taille changera. Et puisque je ne peux pas devenir plus grande, je devrais devenir plus petite!

Sur ce, Alice avala un gâteau et fut ravie de constater qu'elle rapetissait immédiatement. Dès qu'elle fut assez petite pour passer la porte, elle bondit dehors et trouva une foule d'oiseaux et d'autres petits animaux réunis.

Un énorme chiot l'observait.

Le pauvre petit Lézard, Pierre, se trouvait au milieu, soutenu par deux cochons d'Inde qui lui donnaient à boire.

Ils se ruèrent tous ensemble sur Alice au moment où elle apparut, mais elle s'enfuit à toutes jambes et se trouva bientôt en sécurité dans une épaisse forêt.

— La première chose à faire, se dit Alice en errant dans le bois, c'est de retrouver ma taille normale. Et la deuxième, c'est de retrouver le chemin du merveilleux jardin. Je pense que c'est la meilleure solution.

Un excellent plan en effet. Le seul problème était qu'elle n'avait aucune idée de la manière de le mettre à exécution. Tandis qu'elle regardait anxieusement entre les arbres, elle entendit un petit aboiement juste au-dessus de sa tête. Elle leva les yeux immédiatement.

Un énorme chiot l'observait avec de grands yeux tout ronds. Il allongea timidement une patte vers elle, comme s'il voulait la toucher.

– Pauvre petit, dit Alice d'un ton cajoleur, et elle s'efforça de le siffler. Mais elle était épouvantée à l'idée que le petit chien était peut-être affamé et qu'il pourrait la manger malgré ses cajoleries.

Sachant à peine ce qu'elle faisait, Alice ramassa un bâton et le tendit au chiot. Celui-ci sauta en l'air avec un jappement de plaisir et bondit sur le bâton.

Alice plongea derrière un chardon géant pour éviter d'être écrasée. Au moment où elle apparut de l'autre côté, le chiot se précipita de nouveau sur le bâton et fit une culbute.

Alice, qui s'attendait à chaque instant à être piétinée sous ses pattes, courut de nouveau autour du chardon. Le chiot commença une série de charges, courant en avant et en arrière, et aboyant d'une voix rauque. Enfin, il s'assit à une certaine distance, essoufflé, la langue pendante, ses grands yeux à moitié fermés.

Alice estima que c'était le moment de fuir et courut à perdre haleine jusqu'au moment où elle

Il sauta en l'air avec
un jappement de plaisir.

n'entendit plus que très faiblement l'aboiement du chiot.

— Et pourtant, quel adorable petit chien c'était, se dit-elle, en s'appuyant sur un bouton d'or pour se reposer et en s'éventant avec une feuille. J'aurais aimé lui apprendre des tours, si seulement j'avais eu la bonne taille! Oh! Mon Dieu! J'oubliais presque que je dois encore grandir! Voyons – comment procéder? J'imagine que je dois commencer par manger ou boire quelque chose. Mais la grande question est: «Quoi?»

Alice parcourut du regard les fleurs et les brins d'herbe qui l'entouraient, mais rien ne semblait convenir. Soudain, elle dénicha tout près d'elle un champignon ayant à peu près sa taille.

Quand elle l'eut scruté en dessous, puis de chaque côté, elle se dit qu'elle pourrait aussi bien examiner le dessus.

Alice se dressa sur la pointe des pieds et jeta un coup d'œil sur le bord du champignon.

Elle vit alors au beau milieu une grosse Chenille bleue, les bras croisés, qui fumait tranquillement un long calumet et qui ne semblait porter aucune attention ni à elle ni à quoi que ce soit d'autre.

« Qui êtes-vous ? » demanda-t-elle.

Chapitre 5

Conseils d'une Chenille

La Chenille et Alice se dévisagèrent pendant un moment sans rien dire. Enfin, la Chenille sortit le calumet de sa bouche et s'adressa à Alice d'une voix paresseuse et ensommeillée :

– Qui êtes-vous ? demanda-t-elle.

– Je... je ne sais pas trop pour le moment, Madame, répondit timidement Alice. Je sais qui j'étais en me levant ce matin, mais j'ai changé plusieurs fois depuis.

– Que voulez-vous dire exactement ? rétorqua la Chenille. Expliquez-vous !

– Malheureusement, Madame, j'ai bien peur de ne pas pouvoir me l'expliquer à moi-même, parce que je ne suis pas moi-même, vous comprenez ? dit Alice.

— Non, je ne comprends pas, répondit la Chenille.

— Je regrette de ne pouvoir vous expliquer plus clairement, ajouta Alice poliment, mais je ne comprends pas moi-même. C'est très perturbant de changer aussi souvent de taille en une seule journée.

— Non, ce n'est pas troublant, répliqua la Chenille.

— Eh bien, expliqua Alice, vous verrez que quand vous deviendrez une chrysalide – et cela vous arrivera un jour – puis un beau papillon, vous trouverez cela bizarre...

— Je ne pense pas, répondit la Chenille.

— Eh bien, peut-être que vous réagirez différemment de moi. En tout cas moi, j'ai trouvé cela très bizarre, ajouta fermement Alice.

— Vous, dit la Chenille avec mépris, mais qui êtes-vous ?

« C'est très perturbant », dit Alice.

Elles étaient revenues au début de leur conversation. Alice était relativement vexée par les remarques désagréables que la Chenille lui avait adressées. Elle se redressa de toute sa hauteur, prit une grande respiration et dit très sérieusement :

— Je pense que c'est d'abord à vous de me dire qui vous êtes !

— Et pourquoi donc ? demanda la Chenille.

Alice, qui ne savait absolument pas quoi répondre, se dit que c'était une question ridicule. Et puisque la Chenille semblait de très mauvaise humeur, elle lui tourna le dos pour s'en aller.

— Revenez, lui cria la Chenille, j'ai quelque chose de très important à vous dire.

Cela était un peu plus prometteur et Alice revint sur ses pas. Après tout, la Chenille avait peut-être quelque chose d'intéressant à lui annoncer. La Chenille lança silencieusement quelques bouffées de fumée. Enfin, elle décroisa les bras, sortit le calumet de sa bouche et déclara :

– Ainsi, vous pensez avoir changé n'est-ce pas ?

– C'est bien ça, Madame, répondit Alice.

– Et quelle taille voudriez-vous avoir ?

– Oh, je ne tiens pas à avoir une taille bien précise, se hâta de répondre Alice. C'est juste que je suis fatiguée de changer de taille sans arrêt, vous savez...

– Non, je ne sais pas, dit la Chenille.

Alice ne dit rien. C'était la première fois de sa vie que quelqu'un la contredisait de cette façon et elle sentait qu'elle allait bientôt perdre son sang-froid.

– Êtes-vous contente d'être comme vous êtes maintenant ? demanda la Chenille.

– Eh bien, à dire vrai, Madame, si ça ne vous fait rien, je préférerais être un peu plus grande, répondit Alice. Dix centimètres, c'est une taille si misérable !

– Moi, je trouve que c'est une très bonne taille, dit la Chenille, furieuse, en se dressant de toute sa hauteur.

En fait, elle mesurait elle-même exactement dix centimètres !

« Un côté de quoi ? » se demanda Alice.

– Mais, c'est que je ne suis pas habituée à être si petite ! plaida Alice pour sa défense.

– Vous vous y ferez, un peu à la fois, dit la Chenille qui remit son calumet en bouche et recommença à fumer.

Cette fois, Alice attendit patiemment que la Chenille se remit à parler. Quelques minutes plus tard, la Chenille ressortit le calumet de sa bouche, bâilla une ou deux fois et s'étira.

Ensuite, elle descendit du champignon et rampa dans l'herbe. Puis elle lui dit, d'un air indifférent :

– Un côté vous fera plus grande, l'autre côté plus petite.

– Un côté de quoi ? L'autre côté de quoi ? se demanda Alice.

– Du champignon, répondit la Chenille comme si Alice avait posé la question à voix haute.

Un instant plus tard, la Chenille avait disparu.

Alice resta pensive devant le champignon, puis elle étendit les bras pour l'encercler et en cassa un morceau avec chacune de ses mains.

– Et maintenant, lequel prendre ? se dit-elle, et elle grignota un peu le morceau qu'elle tenait dans sa main droite pour voir ce qui allait se passer. Dans la seconde qui suivit, son menton toucha violemment son pied.

Son menton était tellement proche de son pied qu'elle avait peine à ouvrir la bouche. Elle parvint quand même à prendre un petit morceau de champignon de sa main gauche.

– Enfin, ma tête est libérée, dit Alice d'abord enchantée, puis angoissée quand elle s'aperçut que ses épaules avaient disparu. Tout ce qu'elle voyait en regardant en bas, c'était un immense cou qui semblait sortir comme une tige au-dessus d'une mer de feuilles vertes.

– Qu'est-ce que c'est que toute cette verdure ! s'exclama Alice. Et où sont passées mes épaules ? Et mes petites mains, comment se fait-il que je ne voie pas mes mains ?

Comme il lui semblait impossible d'amener ses mains à sa tête, elle essaya de rapprocher sa tête de ses mains. Elle fut assez contente de constater

Ses épaules avaient disparu.

qu'elle pouvait facilement courber son cou dans toutes les directions, comme un serpent.

Elle venait de réussir à le plier dans un brillant zigzag et s'en allait plonger dans les feuilles quand elle remarqua qu'il s'agissait de la cime des arbres sous lesquels elle s'était promenée plus tôt.

Un sifflement aigu la fit reculer brusquement : un grand Pigeon l'avait frappée violemment en plein visage et la battait de ses ailes.

— Serpent ! s'écria le Pigeon.

— Je ne suis pas un serpent, répondit Alice indignée. Laissez-moi tranquille !

— Serpent, je le répète ! cria le Pigeon. Oh, comme je déteste les serpents ! J'ai veillé jour et nuit pendant des semaines...

— Je suis vraiment désolée, dit Alice qui commençait à comprendre la détresse du pauvre oiseau.

— Et juste au moment où j'avais choisi l'arbre le plus haut de la forêt, continua le Pigeon d'une voix brisée, et où je pensais que je serais enfin débarrassé de ces serpents, il faut qu'il y en ait un qui tombe du ciel !

– Mais je vous répète que je ne suis pas un serpent ! dit Alice. Je suis... je suis...

– Oui, qu'est-ce que vous êtes ? interrogea le Pigeon.

– Je suis une petite fille, expliqua Alice sans trop de conviction, car elle se souvenait des nombreuses choses qui lui étaient arrivées ce jour-là.

– En voilà une bonne ! répondit le Pigeon, non sans un certain cynisme. J'ai vu bien des petites filles dans ma vie, mais jamais une seule avec un aussi long cou. Non, non, vous êtes un serpent. Inutile de le nier. Et maintenant, je suppose que vous allez essayer de me faire croire que vous n'avez jamais goûté à un œuf !

– Bien sûr que j'ai déjà mangé des œufs, dit Alice qui ne savait pas mentir. Les petites filles mangent des œufs comme les serpents, vous savez.

– Je ne vous crois pas, dit le Pigeon, mais si c'est vrai, c'est qu'elles sont une espèce de serpent, voilà tout !

Cette idée lui sembla tellement originale qu'Alice resta bouche bée pendant quelques

« Une petite fille ou un serpent ? »

minutes. Cette pause donna au Pigeon la chance d'ajouter :

– Vous cherchez des œufs ! Je le sais très bien ! Et peu m'importe que vous soyez un serpent ou une petite fille tant que vous cherchez des œufs !

– Eh bien moi, cela m'importe, figurez-vous ! répliqua Alice. Et de toute façon, je ne cherche pas d'œufs, et si c'était le cas, je ne voudrais pas des vôtres. Je n'aime pas les œufs crus.

– Alors, allez-vous-en, dit le Pigeon d'un air maussade en retournant dans son lit.

Alice descendit de son mieux dans les arbres, mais ce n'était pas facile parce que son cou restait pris dans les branches et, à tout moment, elle devait le dénouer.

Au bout d'un moment, elle se souvint qu'elle tenait toujours dans ses mains des morceaux de champignon et elle se mit soigneusement au travail : elle prit un petit morceau d'un côté, puis un petit morceau de l'autre côté et elle se mit tantôt à grandir et tantôt à rapetisser, jusqu'à ce qu'elle ait retrouvé sa taille normale.

Au début, elle trouva plutôt étrange de récupérer sa taille, mais elle s'y habitua très vite. Elle se mit de nouveau à se parler à elle-même :

— La moitié de mon plan est réalisée. La prochaine étape est d'entrer dans ce magnifique jardin. Mais je me demande comment faire...

Tout en parlant, elle arriva dans une clairière et aperçut une petite maison haute d'un peu plus d'un mètre. Alice pensa :

— Je ne sais pas qui habite ici, mais je ne peux pas me présenter avec cette taille ! Ces gens risquent de mourir de peur !

Et sans attendre, elle croqua un morceau du champignon qu'elle tenait dans sa main droite et ne s'approcha pas de la maison avant d'avoir rétréci à vingt-cinq centimètres.

Une petite maison haute
d'un peu plus d'un mètre.

Chapitre 6

Cochon et poivre

Pendant une ou deux minutes, Alice observa la maison en se demandant ce qu'elle allait faire quand tout à coup, un valet de pied très élégamment vêtu sortit du bois. En fait, elle jugea qu'il s'agissait d'un valet de pied à cause de son uniforme. Si elle avait dû juger selon son visage, elle aurait plutôt dit que c'était un poisson.

Le Valet-Poisson frappa énergiquement à la porte qui fut ouverte par un autre valet de pied, tout aussi bien habillé, qui avait une grosse tête ronde et de gros yeux de grenouille.

ALICE AU PAYS DES MERVEILLES

Alice remarqua que les deux valets portaient une perruque poudrée et bouclée. Elle sortit de la forêt pour écouter leur conversation.

Le Valet-Poisson portait sous le bras une lettre presque aussi grande que lui. Il la tendit à l'autre valet en proclamant solennellement :

– À la Duchesse. Une invitation de la Reine pour jouer au croquet.

Le Valet-Grenouille répéta, sur le même ton solennel et en changeant seulement un peu l'ordre des mots :

– De la Reine. Une invitation à la Duchesse pour jouer au croquet.

Ensuite, ils se firent face et s'inclinèrent si bas que les boucles de leurs perruques se mêlèrent.

Alice éclata de rire, mais elle eut tellement peur d'être entendue qu'elle se sauva dans les bois.

Quand elle refit surface, le Valet-Poisson était parti et l'autre était assis par terre près de la porte.

L'autre était assis par terre.

Alice avança timidement jusqu'à la porte et frappa.

– Inutile de frapper, dit le Valet-Grenouille et ce, pour deux raisons : la première, c'est que je suis du même côté de la porte que vous. La deuxième, c'est qu'il y a un tel vacarme à l'intérieur que, de toute façon, on ne vous entend pas.

On pouvait conclure sans hésiter qu'il y avait beaucoup de bruit à l'intérieur : des hurlements, des éternuements ininterrompus et, de temps en temps, un fracas terrible comme si un plat ou une bouilloire volait en éclats.

– S'il vous plaît, demanda Alice, comment dois-je faire pour entrer ?

– Vous pourriez frapper, dit le Valet-Grenouille, si la porte se trouvait entre nous. Par exemple, si vous étiez à l'intérieur, vous pourriez frapper et je pourrais vous laisser sortir.

– Mais que dois-je faire pour entrer ? insista Alice.

– Je resterai ici jusqu'à demain, répondit le Valet-Grenouille sans répondre à sa question.

À ce moment précis, la porte de la maison s'ouvrit. Une large assiette lancée à toute volée siffla vers la tête du Valet-Grenouille. Heureusement pour lui, elle lui effleura seulement le nez et alla s'écraser contre un arbre.

— Ou après-demain, peut-être, continua le Valet-Grenouille comme si rien ne s'était passé.

— À quoi bon lui adresser la parole, se dit Alice d'un air dégoûté, il est complètement idiot.

Sur ce fait, Alice se précipita vers la porte et entra dans la maison. Elle se retrouva immédiatement dans une grande cuisine enfumée. Au milieu de la pièce, assise sur un tabouret à trois pieds, la Duchesse berçait un bébé. La Cuisinière était penchée sur le feu. Elle brassait un gros chaudron de soupe.

— Il y a certainement trop de poivre dans cette soupe, déclara Alice en éternuant bruyamment.

Il y avait certainement trop de poivre dans l'air. Même la Duchesse éternuait de temps en temps. Quant au malheureux bébé, il éternuait et hurlait en alternance.

La Duchesse berçait un bébé.

Dans la pièce, seuls n'éternuaient pas la Cuisinière et un gros chat couché près du fourneau qui souriait d'une oreille à l'autre.

— S'il vous plaît, commença Alice timidement, pourriez-vous me dire pourquoi ce chat sourit comme ça ?

— C'est un Chat de Chester, dit la Duchesse, voilà pourquoi. Cochon !

La Duchesse avait prononcé ce mot avec tellement de violence qu'Alice commença à trembler. Puis elle réalisa que cette injure s'adressait au bébé. Elle prit son courage à deux mains et continua :

— Je ne savais pas que les Chats de Chester souriaient toujours. En fait, je ne savais pas que les chats pouvaient sourire.

— Ils peuvent tous sourire, dit la Duchesse, et la plupart le font.

— Je n'en connais aucun qui sourie, répondit poliment Alice.

— Vous ne savez pas grand-chose, c'est un fait, dit la Duchesse.

Cette remarque déplut fortement à Alice qui se dit qu'il valait mieux changer de sujet de conversation. À ce moment, la Cuisinière retira le chaudron du feu et se mit à lancer tous les ustensiles qui se trouvaient à sa portée à la Duchesse et au bébé.

— Oh, s'écria Alice qui bondissait sur place, terrifiée, faites attention, s'il vous plaît, vous pourriez blesser le bébé !

Une énorme casserole venait en effet de voler dans sa direction, et l'avait presque atteint.

— Si chacun s'occupait de ses affaires, gronda la Duchesse, le monde tournerait beaucoup plus vite.

— Ce qui ne serait pas un avantage, répliqua Alice, très heureuse de pouvoir montrer un peu son savoir. Vous voyez, la terre met vingt-quatre heures pour tourner autour de son axe. Vous ne voudriez pas que les nuits et les jours passent plus vite.

— En parlant de hache, s'époumona la Duchesse, qu'on lui coupe la tête !

Alice regarda dans la direction de la Cuisinière pour voir si elle avait l'intention de

« Vous pouvez jouer un peu
avec lui si vous voulez. »

lui couper la tête, mais cette dernière était très occupée à brasser sa soupe et ne semblait pas avoir entendu.

Pendant tout ce temps, la Duchesse, qui semblait très agitée, avait tenu son bébé dans ses bras en lui chantant des berceuses. Mais à la fin de chaque vers, elle le secouait si vigoureusement que le pauvre enfant s'époumonait au point qu'Alice était incapable de distinguer les paroles.

– Prenez-le ! Vous pouvez jouer un peu avec lui si vous voulez, dit la Duchesse à Alice en lui lançant le bébé dans les bras. Je dois me préparer pour aller jouer au croquet avec la Reine.

Alice ne savait trop comment s'y prendre avec cette nouvelle responsabilité. Elle berça le bébé tendrement.

Cependant, elle ne put s'empêcher de constater qu'il était bien étrange. Par exemple, son nez... il avait un nez très retroussé, qui ressemblait beaucoup plus à un groin qu'à un nez. De plus, ses yeux étaient beaucoup trop petits pour être des yeux de bébé.

Lorsque l'enfant commença à grogner, Alice pensa d'abord qu'il s'agissait d'un gros chagrin. Elle regarda ses yeux pour voir s'il y avait des larmes. Mais il n'y en avait pas. Alice s'adressa à lui très sérieusement:

— Si vous devez vous changer en cochon, mon cher, je ne veux plus avoir affaire à vous!

La créature se remit à grogner avec tant de force qu'Alice en fut alarmée. Cette fois, il n'y avait plus de doute, le bébé était bel et bien devenu un cochon. Alice le déposa par terre et fut plutôt soulagée de le voir trottiner tranquillement vers la forêt.

— S'il avait grandi, se dit-elle, il aurait fait un enfant tellement laid mais, finalement, il fait un assez joli cochon!

En s'en allant, Alice sursauta à la vue du Chat de Chester assis sur une branche d'arbre à quelques pas de là.

Le Chat sourit en voyant Alice et elle se dit qu'il avait bon caractère. Cela ne l'empêchait toutefois pas d'avoir de très longues griffes et

Le bébé était bel et bien devenu un cochon.

beaucoup de dents, et Alice estima qu'il valait mieux le traiter avec respect.

— Minou de Chester, commença-t-elle plutôt timidement, parce qu'elle ne savait pas s'il aimerait ce nom...

Mais le sourire du Chat s'élargit un peu plus.

— Jusqu'à présent, il a l'air d'aimer ça, se dit Alice, et elle continua. S'il vous plaît, pourriez-vous m'indiquer le chemin à prendre ?

— En fait, cela dépend surtout de l'endroit où vous voulez vous rendre, répondit le Chat.

— Ça n'a pas vraiment d'importance..., répondit Alice.

— Alors vous pouvez prendre n'importe quelle direction, l'interrompit le Chat.

— ... pourvu que j'arrive quelque part, expliqua Alice.

— Oh ! Pour ça, il n'y a pas de problème. Vous êtes sûre d'arriver quelque part... si vous marchez assez longtemps, fit remarquer le Chat.

— Parlez-moi un peu des gens qui vivent ici, demanda Alice.

— Dans cette direction, dit le Chat en faisant un geste de sa patte droite, vit un Chapelier. Et dans cette direction, dit-il en faisant un geste de sa patte gauche, vit le Lièvre de mars. Allez voir qui vous voulez. De toute façon, ils sont fous tous les deux !

— Mais je ne souhaite pas aller chez des fous, fit observer Alice.

— Oh ! Malheureusement, vous ne pouvez pas faire autrement, répondit le Chat. Nous sommes tous fous ici : je suis fou, vous êtes folle...

— Comment savez-vous que je suis folle ? demanda Alice.

— Vous devez l'être, répondit le Chat, sinon vous ne seriez pas venue ici.

Alice ne trouvait pas cette explication suffisante. Elle continua néanmoins :

— Comment savez-vous que vous êtes fou ?

— Pour commencer, dit le Chat, vous reconnaissez qu'un chien n'est pas fou ?

— Je... suppose que non, répondit Alice.

— Eh bien, poursuivit le Chat, un chien gronde quand il est en colère et il remue la queue quand

Il disparut sous ses yeux.

il est content. Moi, par contre, je gronde quand je suis content et je remue la queue quand je suis en colère. Voilà pourquoi je suis fou !

— Moi, j'appelle ça ronronner et non gronder, dit Alice.

— Appelez ça comme vous voudrez, dit le Chat. Allez-vous jouer au croquet avec la Reine aujourd'hui ?

— Cela me plairait beaucoup, répondit Alice, mais je n'ai pas été invitée.

— Nous nous retrouverons là-bas, dit le Chat en souriant.

Et sur ce, il disparut.

Chapitre 7

Un thé de fous

Alice ne fut pas vraiment surprise de la disparition du chat, parce qu'elle s'était habituée à ces étrangetés. Comme elle fixait l'endroit où il était quelques instants plus tôt, elle le vit soudain réapparaître :

– À propos, qu'est-ce qui s'est passé avec le bébé ? demanda-t-il.

– Il s'est changé en cochon, répondit Alice calmement, comme si la réapparition du chat était tout à fait normale.

– Je m'en doutais, dit le Chat et il disparut de nouveau.

« Qu'est-ce qui s'est passé avec le bébé ? »

Alice attendit un peu, pensant qu'il allait revenir. Mais ce fut en vain, alors elle se mit en marche pour la maison du Lièvre de mars.

— Peut-être que, comme nous sommes au mois de mai, il ne sera pas si fou, en tout cas pas aussi fou qu'au mois de mars puisqu'en Angleterre, c'est en mars que les lièvres sont les plus fous !

À ce moment, elle leva la tête et vit de nouveau le Chat perché sur une branche.

— Avez-vous dit «cochon» ou «melon»? demanda le Chat.

— J'ai dit «cochon», répliqua Alice, et j'aimerais que vous cessiez d'apparaître et de disparaître si rapidement. Vous me donnez mal au cœur.

— Très bien, dit le Chat. Et cette fois, il disparut très lentement, en commençant par le bout de sa queue et en terminant par le sourire qui resta en suspens alors que son corps était déjà parti.

— Eh bien, j'ai souvent vu un chat sans sourire, mais je n'ai jamais vu un sourire sans chat! se dit Alice. En fait, c'est la chose la plus étrange que j'aie jamais vue!

La maison du Lièvre de mars ne se trouvait pas très loin. Alice pensa tout de suite qu'il s'agissait de la bonne maison parce que les cheminées avaient la forme d'oreilles de lapin et que le toit était couvert de fourrure. C'était une maison tellement grande qu'elle préféra ne pas s'en approcher avant d'avoir grignoté un petit morceau du champignon qu'elle tenait dans sa main gauche et atteint soixante centimètres.

Une grande table était dressée sous un arbre du jardin, devant la maison. Le Lièvre de mars et le Chapelier y prenaient le thé. Un Loir profondément endormi était assis entre les deux. Ses compagnons appuyaient leurs coudes sur lui comme sur un coussin et se parlaient au-dessus de sa tête.

– Ce doit être très incommode pour le Loir, se dit Alice, mais puisqu'il dort, je suppose qu'il ne s'en rend pas compte.

La table était grande, mais les trois compères étaient entassés à un des coins:

« Il n'y a pas de place,
n'insistez pas ! » s'écrièrent-ils.

— Il n'y a pas de place, n'insistez pas, il n'y a pas de place ! s'écrièrent-ils en voyant arriver Alice.

— Il y a beaucoup de place au contraire, répondit Alice, outrée, et elle s'assit dans un large fauteuil en bout de table.

— Vous voulez un peu de vin ? offrit gentiment le Lièvre de mars.

Alice examina la table, mais elle ne vit que du thé :

— Je ne vois pas de vin, fit-elle observer.

— Il n'y en a pas non plus, répondit le Lièvre de mars.

— Alors, ce n'était pas très poli de m'en offrir, dit Alice avec indignation.

— Ce n'était pas très poli non plus de vous asseoir à notre table sans y être invitée, répondit le Lièvre de mars.

— Je ne savais pas que c'était votre table, dit Alice. Elle est dressée pour beaucoup plus que trois personnes.

Le Chapelier ouvrit tout grands ses yeux et dit, tout simplement :

— Pourquoi un corbeau ressemble-t-il à un bureau ?

— Je pense connaître la réponse, répondit Alice.

— Vous voulez dire que vous pensez être capable de répondre à cette question ? demanda le Lièvre de mars.

— Exactement, dit Alice.

— Alors, dites ce que vous en pensez ! continua le Lièvre de mars.

— C'est ce que j'allais faire, dit Alice très vite. Enfin... du moins je pense ce que je dis. C'est la même chose, n'est-ce pas ?

— Pas du tout ! s'écria le Lièvre. Alors vous pourriez tout aussi bien dire que «je vois ce que je mange» signifie la même chose que «je mange ce que je vois».

— Vous pourriez tout aussi bien dire, ajouta le Loir qui semblait parler dans son sommeil, que «je respire quand je dors» signifie la même chose que «je dors quand je respire».

— C'est la même chose pour vous, dit le Chapelier.

« Dites ce que vous en pensez. »

Le Lièvre de mars et lui riaient de manière hystérique.

La conversation s'arrêta et il y eut quelques instants de silence. Alice en profita pour se souvenir de tout ce qu'elle savait sur les corbeaux et les bureaux, mais il n'y avait pas grand-chose.

Le Chapelier fut le premier à rompre le silence:

— Quel jour du mois sommes-nous? demanda-t-il à Alice.

Il avait sorti sa montre de sa poche et l'examinait d'un air inquiet. De temps en temps, il la secouait et la portait à son oreille.

— Le quatre, répondit Alice.

— Deux jours de retard, soupira le Chapelier. Je vous avais bien dit que le beurre endommagerait ma montre, ajouta-t-il en jetant au Lièvre de mars un regard furieux.

— C'était pourtant le meilleur beurre qu'on puisse trouver, répondit doucement le Lièvre de mars.

— Peut-être, mais des miettes devaient y être tombées, grommela le Chapelier.

Sur ce, le Lièvre de mars prit la montre et la plongea dans sa tasse de thé en répétant:

— C'était pourtant le meilleur beurre qu'on puisse trouver, vous savez!

— Quelle drôle de montre, fit remarquer Alice en regardant par-dessus son épaule. Elle indique le jour du mois, mais pas l'heure.

— Et pourquoi pas? grommela le Chapelier. Est-ce que votre montre vous indique en quelle année nous sommes?

— Bien sûr que non, répondit Alice sans hésiter, mais c'est parce qu'une année dure bien trop longtemps.

— C'est pourtant le cas avec la mienne, dit le Chapelier.

Alice en perdait la tête. Les remarques du Chapelier n'avaient aucun sens.

— Je ne comprends pas très bien, dit-elle le plus poliment qu'elle put.

— Le Loir s'est de nouveau endormi, dit le Chapelier et il versa un peu de thé chaud sur le nez du pauvre petit animal.

« Je n'en ai pas la moindre idée. »

Le Loir secoua la tête avec impatience et dit, sans même ouvrir les yeux:

– Naturellement! C'est d'ailleurs exactement ce que je m'apprêtais à dire.

– Avez-vous trouvé la réponse de la devinette? interrogea le Chapelier en se tournant vers Alice.

– Non, je donne ma langue au chat, répondit Alice. Qu'est-ce que c'est?

– Je n'en ai pas la moindre idée, dit le Chapelier en minaudant.

– Moi non plus, enchaîna le Lièvre de mars.

Alice soupira:

– Je pense que vous pourriez faire mieux que perdre votre temps à poser des devinettes qui n'ont pas de réponse.

– Si vous connaissiez le Temps aussi bien que moi, dit le Chapelier, vous n'en parleriez pas de cette manière. Puisque c'est bien de lui dont il s'agit, vous savez...

– Je ne sais pas ce que vous voulez dire, répliqua Alice.

– Évidemment, dit le Chapelier avec dédain.

Je parie que vous n'avez même jamais parlé au Temps.

— Peut-être pas, en effet, répondit prudemment Alice. Je sais seulement que je dois le battre en mesure quand je joue de la musique.

— Ah ! Voilà la preuve, dit encore le Chapelier, le Temps déteste qu'on le batte. Si seulement vous restiez en bons termes avec lui, vous pourriez faire tout ce que vous voulez avec les heures. Par exemple, supposez qu'il soit neuf heures du matin, le moment où l'école commence. Il vous suffirait de lui glisser un petit mot et il ferait immédiatement passer l'aiguille sur midi trente, l'heure du dîner !

— Ce serait vraiment formidable ! dit Alice, rêveuse, mais je n'aurais probablement pas faim.

— Peut-être pas tout de suite, répliqua le Chapelier, mais vous pourriez maintenir le temps sur midi trente aussi longtemps que vous le désirez.

— Est-ce que c'est cela que vous faites ? interrogea Alice.

« Ce serait vraiment formidable ! » dit Alice.

ALICE AU PAYS DES MERVEILLES

Le Chapelier secoua tristement la tête :

— Non, nous nous sommes disputés au mois de mars dernier, juste avant qu'il ne devienne fou, vous savez. Et il pointa sa cuiller en direction du Lièvre de mars. C'était un concert organisé par la Reine de Cœur et j'avais dû chanter :

«Brillez, brillez, petite chauve-souris !
Que faites-vous si loin d'ici ?»

— Connaissez-vous cette chanson, par hasard ? demanda ensuite le Chapelier.

— J'ai déjà entendu quelque chose de semblable, répondit Alice.

— Il y a une suite, vous savez, continua le Chapelier :

«Au-dessus du monde, vous planez,
Dans le ciel, comme un plateau à thé
Brillez, brillez...»

À ce moment, le Loir se secoua et commença à chanter dans son sommeil :

— Brillez, brillez, brillez, brillez...

Il chanta si longtemps qu'il fallut le pincer pour l'arrêter.

– J'avais à peine terminé le premier couplet, raconta le Chapelier, que la Reine cria «Il assassine le Temps! Qu'on lui coupe la tête!». Et depuis lors, le Temps n'a plus jamais voulu faire ce que je lui demandais... et il est toujours six heures!

Alice avait beaucoup réfléchi pendant toute cette conversation concernant le Temps. Une idée jaillit subitement dans son esprit:

– Silence! Écoutez-moi tous! dit-elle, en donnant de petits coups de cuiller sur la théière chinoise qui se trouvait devant elle.

Les autres la regardèrent d'un air étonné.

À dire vrai, Alice était elle-même surprise de son effet. Avoir une idée était déjà quelque chose de formidable en soi, mais avoir une idée au beau milieu de ces créatures étranges lui semblait encore plus extraordinaire que tout ce qui avait pu lui arriver jusqu'ici!

« Nous n'avons jamais le temps
de faire la vaisselle. »

Chapitre 8

Un départ et une arrivée

Alice les regarda bien en face.

— Est-ce que c'est parce qu'il est toujours six heures qu'il y a toujours tant de choses sur cette table ? demanda-t-elle à ses trois amis.

— Oui, exactement, répondit le Chapelier en poussant un soupir. C'est toujours l'heure du thé et nous n'avons jamais le temps de laver toutes les tasses et les assiettes.

— Alors vous ne cessez de tourner en rond, je suppose ? demanda encore Alice.

— Exactement, expliqua le Chapelier, nous nous déplaçons au fur et à mesure que les ustensiles sont utilisés.

– Mais qu'est-ce qui se passe quand vous revenez au point de départ?

– Si nous changions de conversation, proposa le Lièvre de mars en bâillant. J'en ai assez de parler de l'heure du thé. Je propose que la jeune demoiselle nous raconte une histoire.

Complètement alarmée à cette idée, Alice décida qu'il valait mieux ne pas parler de son idée brillante en ce qui concernait la table. Elle préféra tout simplement changer de sujet et répondit:

– J'ai peur de ne pas connaître d'histoire.

– Le Loir, alors! crièrent le Chapelier et le Lièvre de mars. Réveillez-vous, Loir. Et ils le pincèrent tous les deux en même temps.

Le Loir ouvrit lentement les yeux:

– Je ne dormais pas, dit-il, d'une petite voix pâteuse et ensommeillée. J'ai entendu tout ce que vous racontiez.

– Racontez-nous une histoire, dit le Lièvre de mars.

– Et hâtez-vous, ajouta le Chapelier, sinon vous risquez de vous endormir avant la fin.

Ils le pincèrent tous les deux en même temps.

— Il y avait une fois trois petites sœurs, commença le Loir à toute vitesse. Elles s'appelaient Elsie, Lacie et Tillie, et elles vivaient au fond d'un puits.

— De quoi vivaient-elles ? interrogea Alice qui portait toujours un très vif intérêt à ce que les gens mangeaient et buvaient.

— Elles vivaient de mélasse, répondit le Loir après quelques minutes de réflexion.

— C'est impossible, fit remarquer Alice, la mélasse est un médicament que l'on prend pour annihiler les effets du poison. Si elles mangeaient de la mélasse, elles auraient été malades.

— Mais elles étaient malades, répondit le Loir, très malades.

Alice voulut savoir :

— Mais pourquoi vivaient-elles au fond d'un puits ?

Le Loir prit de nouveau quelques minutes de réflexion avant de répondre :

— C'était un puits à mélasse.

— Mais ça n'existe pas ! s'écria Alice.

— Si vous ne savez pas vous tenir, Mademoiselle, vous pouvez finir l'histoire vous-même, répondit le Loir, vexé.

— Non, je vous en prie, continuez, dit Alice humblement. Je promets de ne plus vous interrompre. Et je veux bien croire qu'il existe un puits à mélasse.

— En effet, il en existe un, répondit le Loir indigné, et il accepta de continuer. Donc... les trois petites sœurs... vous savez... apprenaient à tirer...

— Qu'est-ce qu'elles tiraient ? demanda Alice, oubliant complètement qu'elle avait promis de ne pas interrompre.

— De la mélasse, répondit le Loir.

— Je veux une tasse propre, interrompit le Chapelier. Avançons d'une place, s'il vous plaît.

Ce qu'il fit, suivi du Loir. Le Lièvre de mars se retrouva à la place du Loir et Alice prit la place du Lièvre de mars.

Le Chapelier était donc le seul à tirer avantage de ce changement, tandis qu'Alice perdait

Alice perdait nettement au change.

nettement au change, parce que le Lièvre de mars venait de renverser tout le contenu du pot à lait dans sa soucoupe.

Comme elle ne voulait pas vexer le Loir de nouveau, elle risqua très doucement :

– Je ne comprends pas très bien... Où les trois sœurs allaient-elles chercher la mélasse ?

– On peut bien tirer de l'eau d'un puits ordinaire, dit le Chapelier, pourquoi ne pourrait-on pas tirer de la mélasse d'un puits à mélasse ? Est-elle stupide !

– Mais elles étaient dans le puits, n'est-ce pas ? demanda Alice au Loir.

– Oui, oui, répondit le Loir, elles étaient bien dans le puits. Elles apprenaient à tirer toutes sortes de choses – en fait, toutes les choses qui commencent par la lettre « M », comme miel, mouche, machins, mémoire... avez-vous déjà vu quelqu'un tirer de la mémoire ?

– C'est vraiment à moi que vous demandez ça ? dit Alice, ahurie. Non... je ne crois pas...

– Alors vous feriez mieux de vous taire, dit le Chapelier.

ALICE AU PAYS DES MERVEILLES

C'était décidément plus qu'Alice ne pouvait en supporter et, dégoûtée, elle se leva et partit. Elle se retourna à quelques reprises dans l'espoir que le Chapelier et le Lièvre la rappelleraient. La dernière fois qu'elle les vit, ils essayaient de mettre le Loir dans la théière.

— Je ne mettrai plus jamais les pieds là-bas, dit Alice en se frayant un chemin dans la forêt. C'est le goûter le plus stupide auquel j'aie jamais assisté !

Comme elle prononçait ces mots, elle se trouva face à face avec une petite porte qui menait dans un tronc d'arbre.

— C'est très étrange, se dit Alice, mais puisque tout est étrange aujourd'hui, je pense que je devrais entrer.

Et Alice se retrouva dans le long couloir et tout près de la petite table en verre. Elle se dit :

— Cette fois-ci, je vais mieux me débrouiller que la première fois !

Et elle prit la petite clé en or qu'elle introduisit dans la serrure de la porte qui menait au jardin.

134

Ils essayaient de mettre le Loir
dans la théière.

Ensuite, elle grignota un morceau du champignon qu'elle avait gardé en poche jusqu'à ce qu'elle mesure environ trente centimètres.

Et finalement, elle descendit le petit passage et se trouva enfin dans le magnifique jardin, parmi les lumineux parterres de fleurs et les fraîches fontaines.

À l'entrée du jardin, il y avait un immense rosier. Il portait des roses blanches, mais trois jardiniers s'affairaient à les peindre en rouge.

Alice trouva cela suffisamment intéressant pour avoir envie de les regarder travailler. Alors qu'elle s'approchait, elle entendit un des jardiniers s'adresser à son collègue :

– Fais attention, Cinq, tu éclabousses de la peinture sur moi !

– Je ne l'ai pas fait exprès, répondit Cinq, c'est Sept qui m'a donné un coup de coude !

À ces mots, Sept leva la tête et dit :

– C'est ça, Cinq, il faut toujours que tu accuses les autres !

— Tu ferais mieux de te taire, rétorqua Cinq. Pas plus tard qu'hier, j'ai entendu la Reine dire que tu méritais d'être décapité !

— Et pourquoi donc ? demanda celui qui avait parlé le premier.

— Mêle-toi de tes affaires, Deux ! répondit Sept.

— Mais justement, ce sont ses affaires, dit Cinq, et je vais lui dire pourquoi. C'est parce qu'il a rapporté à la cuisine des bulbes de tulipes au lieu des oignons demandés.

Sept jeta son pinceau et commença :

— Bon, ça suffit, j'en ai assez entendu ! Mais soudain, il vit Alice qui les observait.

Tous les jardiniers la saluèrent très bas.

Alice s'adressa à eux :

— Pouvez-vous me dire pourquoi vous peignez ces roses ?

Cinq et Sept n'ouvrirent pas la bouche, mais Deux répondit :

— Eh bien, vous voyez, Mademoiselle, c'est que... la Reine avait demandé un rosier rouge

Les trois jardiniers s'aplatirent sur le sol.

mais, par erreur, nous en avons placé un blanc. Et si la Reine s'en aperçoit, elle va nous faire couper la tête. Alors, vous voyez, Mademoiselle, nous faisons de notre mieux avant qu'elle n'arrive...

À ce moment-là, Cinq, qui scrutait anxieusement le jardin, s'écria :

– La Reine ! La Reine !

Et d'un seul mouvement, les trois jardiniers s'aplatirent sur le sol. Alice entendit des bruits de pas dans le lointain. Elle attendait avec impatience l'arrivée de la Reine.

Il y eut d'abord dix soldats qui portaient des gourdins. Comme les trois jardiniers, ils avaient la forme de cartes à jouer : rectangulaires et plats, avec des mains et des pieds aux quatre coins.

Il y eut ensuite dix courtisans de la cour, couverts de diamants. Ils marchaient deux par deux, comme les soldats qui les avaient précédés.

Derrière eux suivaient les dix enfants royaux, tout couverts de cœurs, se tenant par la main et dansant joyeusement.

Vinrent ensuite les invités, Rois et Reines pour la plupart. Ils portaient des costumes splendides. Parmi eux, Alice reconnut le Lapin Blanc qui parlait de manière nerveuse mais avec un sourire persistant accroché aux lèvres. Il passa sans même voir Alice, au grand étonnement de cette dernière.

Derrière lui marchait fièrement le Valet de Cœur, qui portait la couronne royale sur un coussin de velours écarlate. Et finalement, fermant cette grande procession, s'avançaient le Roi et la Reine de Cœur.

Alice ne savait pas trop si elle devait se coucher face contre terre comme l'avaient fait les jardiniers. En vérité, elle n'avait jamais entendu dire que c'était ce qu'il fallait faire. Et elle se dit :

— À quoi bon faire une procession si les gens ne peuvent pas la regarder ?

Donc, elle ne bougea pas et attendit.

Lorsque le cortège arriva à la hauteur d'Alice, tout le monde s'arrêta et la dévisagea. La petite fille sentit son cœur battre plus rapidement et ses

Le Valet de Cœur marchait fièrement.

jambes trembler. Sa respiration s'accéléra et elle se sentit mal. Un bref instant, elle crut même qu'elle allait s'évanouir.

Soudain, la Reine se retourna vers le Valet de Cœur et, désignant Alice, lui demanda d'une voix très forte :

– Qui est cette personne ?

Tous les regards s'étaient tournés vers Alice. De toute sa vie, elle n'avait jamais eu si peur. Elle en oublia presque que la Reine avait demandé son nom et attendait impatiemment une réponse !

Chapitre 9

Le terrain de croquet de la Reine

Prenant son courage à deux mains, la petite fille répondit nerveusement en se courbant poliment :

– Je m'appelle Alice, Votre Majesté.

Et elle se dit en elle-même : «Après tout, ce n'est qu'un paquet de cartes. Je n'ai pas à en avoir peur !»

– Et eux, qui sont-ils ? interrogea la Reine en pointant du doigt les trois jardiniers aplatis autour du rosier.

Car, voyez-vous, comme leur dos était pareil à celui des autres cartes, elle ne pouvait savoir s'ils

« Qu'on lui coupe la tête ! »

étaient jardiniers, soldats, courtisans ou même ses propres enfants.

— Comment voulez-vous que je le sache? demanda Alice, elle-même surprise par son audace. Après tout, ce ne sont pas mes affaires!

La Reine devint cramoisie de fureur et hurla:

— Coupez-lui la tête!

— Mais c'est complètement absurde! s'écria Alice.

Et la Reine se tut.

Lui caressant le bras, le Roi murmura doucement à sa femme:

— Très chère, ce n'est qu'une enfant!

La Reine lui tourna rageusement le dos et s'adressa d'une voix stridente aux trois jardiniers qui étaient toujours face contre terre:

— Levez-vous immédiatement!

Deux, Cinq et Sept se redressèrent d'un seul coup et commencèrent à saluer l'un après l'autre le Roi, la Reine et tous les enfants royaux.

— Qu'est-ce que vous avez fait là? demanda la Reine en examinant minutieusement le rosier.

— S'il plaît à Votre Majesté, répondit Deux très humblement en s'agenouillant, nous tentions...

— Je vois ! répondit la Reine qui, entre-temps, avait très bien vu qu'on avait repeint les roses. Qu'on leur coupe la tête !

Sur ces mots, le cortège s'éloigna. Trois soldats restèrent derrière pour exécuter les malheureux jardiniers qui cherchèrent protection auprès d'Alice.

— On ne vous coupera pas la tête, promit Alice. Et elle les cacha sous un grand pot de fleurs.

Les trois soldats cherchèrent pendant quelques minutes, sans résultat, puis se remirent en marche derrière les autres.

— Est-ce que vous leur avez coupé la tête ? s'écria la Reine.

— Leurs têtes sont tombées, Votre Majesté, répondirent les soldats en chœur.

— Parfait ! hurla la Reine. Savez-vous jouer au croquet, très chère ?

— Oui ! répondit Alice, soulagée d'échapper à cette situation désagréable.

Elle les cacha sous un grand pot de fleurs.

– Alors venez ! rugit la Reine. Et Alice se joignit à la procession.

– Il fait très beau aujourd'hui, n'est-ce pas ? fit une petite voix craintive à côté d'elle. Alice se pencha en direction de la voix et vit le Lapin Blanc qui la fixait.

– Très beau, acquiesça la petite fille. Où est la Duchesse ?

– Elle est condamnée à mort, chuchota doucement le Lapin. Et il regarda anxieusement par-dessus son épaule avant de continuer.

– Pourquoi ? demanda Alice.

– Elle a pincé les oreilles de la Reine... commença le Lapin.

Alice ne put s'empêcher de pousser un petit ricanement.

– Chut ! La Reine va vous entendre, murmura encore le Lapin.

– Tous à vos places ! hurla la Reine.

Et le jeu commença.

C'était un bien étrange terrain de croquet. Il n'y avait que des bosses et des trous : il était donc impossible d'envoyer la balle tout droit dans quelque direction que ce soit.

Et ce n'est pas tout... les balles étaient des hérissons vivants et les maillets, de véritables flamants roses. Quant aux arceaux, il s'agissait simplement de soldats qui faisaient le pont, en se tenant sur leurs mains et leurs pieds.

La première difficulté pour Alice consista à les faire tenir tranquilles suffisamment longtemps pour pouvoir jouer.

De plus, pour compliquer les choses, tous les participants jouaient en même temps, sans attendre leur tour, se disputant et se battant pour les hérissons. Tout cela fâcha terriblement la Reine qui se mit à taper du pied de tous les côtés, en criant : « Coupez-lui la tête ! Coupez-lui la tête ! »

Alice était très mal à l'aise, craignant à tout instant que la Reine se tourne vers elle. La pauvre petite fille se demandait :

– Qu'est-ce que je vais devenir ?

Ils aiment terriblement couper les têtes, ici. C'est un miracle que tout le monde soit encore vivant !

Elle réalisa que c'était un sourire.

Comme elle cherchait du regard un moyen de s'échapper, Alice remarqua quelque chose de bizarre dans le ciel. Après un examen d'une ou deux minutes, elle réalisa que c'était un sourire.

– C'est le Chat de Chester, s'écria-t-elle en tapant de joie dans ses mains. Maintenant, j'aurai quelqu'un à qui parler.

– Comment allez-vous ? demanda le Chat dès que sa bouche fut assez grande pour parler.

Alice attendit que ses yeux soient visibles puis elle hocha la tête. Elle pensa qu'il était inutile de lui parler tant que ses oreilles n'étaient pas apparues, ou du moins l'une d'elles.

Dans la minute qui suivit, toute la tête du chat était là, devant elle, et Alice commença à parler de sa partie de croquet. Elle se plaignit :

– Je ne pense pas qu'ils jouent comme il le faudrait. Ils se disputent sans arrêt et ne semblent respecter aucune règle. Vous ne pouvez pas vous imaginer comme il est difficile de jouer avec des balles, des arceaux et des maillets vivants... Vous voyez, par exemple, le prochain arceau que je dois passer est parti se promener à l'autre bout du terrain.

— Que pensez-vous de la Reine ? demanda le Chat à voix basse.

— Je ne l'aime pas du tout, répondit Alice. Elle est tellement...

Mais à ce moment précis, Alice remarqua que la Reine était derrière elle et l'écoutait. Aussi continua-t-elle :

— Elle est tellement adroite qu'il est presque inutile de terminer la partie.

La Reine sourit et passa son chemin.

— À qui parlez-vous ? demanda le Roi à Alice en regardant la tête du Chat de Chester avec un grand intérêt.

— C'est un Chat de Chester, expliqua Alice. Permettez-moi de vous présenter.

— Son aspect ne me plaît pas du tout, dit le Roi. Néanmoins, il peut me baiser la main s'il le désire.

— J'aimerais mieux pas, répondit le Chat.

La Reine sourit et passa son chemin.

– Ne soyez pas impertinent, je vous prie, dit le Roi, et ne me regardez pas comme ça !

Tout en parlant, il se cachait derrière Alice.

– Un Chat peut regarder un Roi, dit Alice. J'ai lu ça dans un livre, mais je ne sais plus lequel.

– En tout cas, moi, je ne le tolérerai pas ! s'écria le Roi, d'un ton autoritaire.

Et il appela la Reine qui passait à ce moment :

– Ma chère ! J'aimerais que ce Chat disparaisse !

Et, étant donné que la Reine ne connaissait qu'une solution à tous les problèmes, les grands comme les petits, elle hurla une fois de plus, sans même regarder :

– Qu'on lui coupe la tête !

– Je vais chercher le Bourreau moi-même, dit vivement le Roi. Et il courut le chercher.

Alice se dit qu'elle pourrait tout aussi bien retourner voir la partie de croquet, mais la confusion était maintenant générale. Complètement exaspérée, elle empoigna son flamant rose qui essayait constamment de s'échapper. Elle fut surprise de constater qu'un groupe de personnes s'était rassemblé autour du Chat de Chester. Il y avait une dispute entre le Bourreau, le Roi et la Reine, qui parlaient tous en même temps. Tous les autres restaient silencieux et paraissaient assez mal à l'aise.

Dès qu'ils virent Alice, les trois belligérants lui expliquèrent leur point de vue et lui demandèrent de trancher la question. Malheureusement, comme ils parlaient toujours tous en même temps, Alice ne parvenait pas à les comprendre.

L'argument du Bourreau était qu'on ne peut pas couper la tête de quelqu'un si celle-ci n'est pas fixée à son corps, qu'il n'avait encore jamais rien fait de tel et que ce n'était pas à son âge qu'il allait commencer.

L'argument du Roi était que tout ce qui a une tête peut être décapité.

L'argument de la Reine était que, si on n'exécutait pas son ordre immédiatement, tout le monde serait décapité une fois pour toutes.

Le Bourreau détala comme un lapin.

Cette dernière remarque avait jeté l'assemblée dans un profond désarroi et une grande angoisse.

Alice ne trouva rien à ajouter, si ce n'était que :

– Le Chat appartenant à la Duchesse, il vaudrait peut-être mieux lui demander son avis sur la question.

– Elle est en prison, dit la Reine au Bourreau. Allez la chercher sur-le-champ !

Et le Bourreau détala comme un lapin.

La tête du Chat s'effaça alors progressivement. Lorsque le Bourreau se présenta avec la Duchesse, la tête avait complètement disparu. Le Roi et le Bourreau la cherchèrent activement de tous les côtés, tandis que les autres retournèrent au jeu.

Chapitre 10

Un mot de la Duchesse

— Vous ne pouvez pas vous imaginer comme je suis heureuse de vous revoir, chère vieille connaissance ! dit la Duchesse en saisissant affectueusement le bras d'Alice.

Alice était enchantée de la retrouver d'aussi bonne humeur et se dit que c'était probablement le poivre qui l'avait rendue si désagréable et méchante lors de leur rencontre dans la cuisine.

La petite fille se dit en elle-même – mais sans trop de conviction :

— Le jour où je serai duchesse, je n'aurai jamais de poivre dans ma cuisine ! Ce doit être

La Duchesse saisit
affectueusement le bras d'Alice.

le poivre qui rend les gens de mauvaise humeur,
continua-t-elle, très contente d'avoir découvert
une nouvelle règle, et le vinaigre qui les rend
aigres, et le sucre qui les rend doux...

— Vous êtes en train de réfléchir, chère
enfant, lui souffla la Duchesse dans l'oreille, au
point d'en être muette ! Je ne me souviens pas
du genre de morale que cela donne, mais cela me
reviendra.

— Peut-être n'y a-t-il là aucune morale, observa
Alice.

— Ta, ta, ta..., jeune fille, répondit la Duchesse,
sachez que toute chose a une morale pour qui est
capable de la déceler.

À mesure qu'elle parlait, la Duchesse s'était
rapprochée de plus en plus d'Alice, au point de
la serrer, ce qui ne plaisait pas du tout à
notre amie. Tout d'abord, parce que la Duchesse
était très laide. Ensuite, parce qu'elle appuyait
son menton sur l'épaule d'Alice, et que le
menton en question était terriblement pointu.
Néanmoins, puisque Alice n'aimait pas être

impolie, elle accepta cet état de fait sans broncher.

— Il me semble que le jeu se passe beaucoup mieux maintenant, dit-elle, histoire d'alimenter la conversation.

— Vous avez raison, très chère, et la morale de ceci est: «C'est l'amour, c'est l'amour qui fait tourner le monde!»

— Quelqu'un a dit un jour, murmura Alice, que «le monde tournerait plus vite si chacun s'occupait de ses affaires».

— Eh bien! Ça veut dire plus ou moins la même chose, s'exclama la Duchesse en enfonçant son petit menton pointu dans l'épaule d'Alice. Et la morale de ceci est: «Prenez soin du sens des choses, et les sons prendront soin d'eux-mêmes!»

«Comme elle aime trouver des morales, pensa Alice, en essayant vainement de trouver un sens à cette dernière remarque.»

— Je suis certaine que vous vous demandez pourquoi je ne passe pas mon bras autour de votre

« Il pourrait vous piquer »,
répondit doucement Alice.

taille, dit la Duchesse après une courte pause. Mais en fait, c'est parce que je ne sais pas si votre flamant rose est gentil ou non. À votre avis, devrais-je tenter l'expérience?

— Il pourrait vous piquer, répondit doucement Alice, en tenant serré contre elle le pauvre oiseau las qui se tortillait.

En réalité, elle n'avait aucune envie que la Duchesse tente une expérience aussi risquée.

— Vous avez tout à fait raison, acquiesça la Duchesse. Les flamants roses et la moutarde piquent. Et la morale de ceci est: «Les oiseaux à plumes se ressemblent!»

— Sauf que... la moutarde n'a pas de plumes! fit remarquer Alice.

— Encore une fois, vous avez tout à fait raison, ma chère. Comme vous exprimez clairement les choses.

— Je pense que la moutarde est un minéral, dit Alice.

— Bien entendu, dit la Duchesse, qui semblait disposée à accepter tout ce qu'Alice disait. Il y a une importante mine de moutarde tout près d'ici. Et la morale de ceci est: «Il ne faut pas juger les gens sur leur mine!».

– Oh, je sais! s'exclama Alice qui n'avait pas fait attention à cette dernière réponse, la moutarde est un végétal! Ça n'en a pas l'air, mais c'est un végétal!

– Tout à fait d'accord avec vous, très chère. Et la morale de ceci est: «Soyez ce que vous semblez être» ou, exprimé plus simplement, «Ne vous imaginez jamais que vous êtes différente de ce que vous semblez être ou de ce que vous auriez pu être car ce n'était rien de différent de ce que vous leur avez semblé être ou voulu sembler être de toute manière.»

– Il me semble que je comprendrais mieux tout cela si c'était écrit, dit Alice, ainsi je pourrais le lire. Parce que là, je n'arrive pas à vous suivre...

– Oh, mais cela n'est rien comparé à ce que je pourrais dire si je le voulais, répondit la Duchesse, très satisfaite de son effet. Et elle se passa la main dans les cheveux comme pour les recoiffer.

« Vous avez tout à fait raison »,
acquiesça la Duchesse.

– Je vous en prie, ne vous donnez pas cette peine, dit Alice.

– Oh, mais ne parlez pas de peine, s'écria la Duchesse, je vous offre volontiers tout ce que je vous ai dit jusqu'à présent.

«Eh bien, voilà un cadeau qui ne lui coûte pas cher! pensa Alice. Heureusement que les gens n'offrent pas ce genre de cadeaux aux anniversaires.» Mais elle prit bien soin de garder ces remarques pour elle-même.

– Vous êtes de nouveau en train de réfléchir? demanda la Duchesse en enfonçant un peu plus son petit menton pointu dans l'épaule d'Alice.

– Eh bien, j'ai le droit de réfléchir, n'est-ce pas? questionna Alice sèchement, car elle commençait à en avoir assez.

– Oh, mais bien entendu, vous en avez le droit, un peu comme les cochons ont le droit de voler. Et la mora...

Mais cette fois, à la grande surprise d'Alice, la Duchesse s'arrêta au beau milieu de son mot favori: «morale». Alice sentit son bras, toujours attaché au sien, se mettre à trembler. Elle leva les yeux et tomba nez à nez avec la Reine, les bras croisés et les sourcils froncés de courroux.

— Belle journée, n'est-ce pas, Votre Majesté, commença la Duchesse d'une petite voix craintive.

— Je vous préviens, c'est la dernière fois que je vous le dis, hurla la Reine en tapant du pied, si vous ne partez pas immédiatement, ce sera votre tête qui partira. Décidez-vous !

La Duchesse fit son choix et disparut sur-le-champ.

— Continuons notre partie, dit la Reine à Alice qui, bien trop effrayée pour prononcer un mot, la suivit sagement vers le terrain de croquet.

Les autres invités avaient profité de l'absence de la Reine pour se reposer un peu à l'ombre. Dès qu'ils la virent arriver, ils retournèrent à leur place. De son ton habituel, la Reine leur fit observer qu'un instant de retard pouvait leur faire perdre la tête.

« Avez-vous déjà vu la Tortue-à-Tête-de-Veau ? »

Aussi longtemps qu'elle fut sur le terrain, la Reine continua de se quereller avec tout le monde et de hurler «Coupez-lui la tête!» par-ci ou «Qu'on lui coupe la tête!» par-là.

Ceux et celles qu'elle condamnait étaient emmenés en prison par les soldats qui, naturellement, ne pouvaient plus faire les arceaux. Très vite, il ne resta plus aucun arceau sur le terrain et les trois joueurs qui restaient étaient le Roi, la Reine et Alice. Tous les autres se trouvaient en prison, attendant d'être exécutés.

Alors la Reine, qui n'avait presque plus de voix tant elle avait crié, s'approcha d'Alice et lui demanda:

– Avez-vous déjà vu la Tortue-à-Tête-de-Veau?

– Non, rétorqua Alice, je ne sais même pas ce que c'est.

– C'est la Tortue qu'on utilise pour faire la fausse soupe à la tortue, expliqua la Reine.

– Je n'en ai jamais vue, ni même entendu parler, dit Alice.

– Alors venez, je voudrais vous la présenter. Elle vous racontera son histoire.

Et, alors qu'elles s'éloignaient ensemble, Alice entendit le Roi dire à l'assemblée :

– Vous êtes tous graciés !

– Ouf ! Me voilà rassurée, pensa Alice en poussant un soupir de soulagement et en se détendant un peu pour la première fois depuis longtemps. Il faut dire qu'elle avait été assez attristée par le nombre d'exécutions que la Reine avait ordonnées.

Après une assez longue marche, Alice et la Reine arrivèrent près d'un Griffon qui se prélassait au soleil.

Le Griffon n'était rien de moins qu'un monstre avec la tête, les ailes et les serres d'un aigle et le corps et les pattes arrière d'un lion. Il en avait même la queue. Beaucoup de gens pensaient également qu'il avait à la fois les qualités de l'aigle et du lion – vigilance et courage.

Comme vous l'aurez remarqué, la Reine était une personne originale. Elle s'adressa au monstre fermement :

Le Griffon n'était rien de
moins qu'un monstre.

– Levez-vous, paresseux ! Et emmenez cette jeune personne chez la Tortue-à-Tête-de-Veau pour qu'elle lui raconte son histoire.

Quant à moi, il faut que je retourne voir quelques-unes des exécutions que j'ai ordonnées.

Suite à quoi, elle décolla, laissant Alice seule avec le Griffon.

Chapitre 11

Histoire de la
Tortue-à-Tête-de-Veau

Alice n'aimait pas beaucoup l'apparence du Griffon, mais elle pensa qu'il valait mieux rester avec lui que suivre cette Reine complètement folle. Elle s'assit donc sur une pierre, lissa sa robe et attendit.

Le Griffon se redressa et se frotta les yeux. Ensuite, il suivit la Reine du regard jusqu'à ce qu'elle eût disparu.

— Ce que c'est drôle, dit-il, à moitié pour lui et à moitié pour Alice.

— Qu'est-ce qui est drôle? demanda Alice.

Ils aperçurent la Tortue-à-Tête-de-Veau
dans le lointain.

– Eh bien, la Reine, voyons. Et toutes les histoires qu'elle s'invente. Vous savez, ils n'exécutent jamais personne. Allez, venez!

En suivant l'animal, Alice se dit que le Griffon était peut-être très vigilant et très courageux, mais qu'il n'avait pas beaucoup de manières:

– De quelle façon s'adresse-t-il à moi! Tout le monde ici semble me donner des ordres. Je pense n'avoir jamais reçu autant d'ordres de toute ma vie.

Ils marchaient depuis peu lorsqu'ils aperçurent dans le lointain la Tortue-à-Tête-de-Veau, triste et solitaire, assise sur une roche. Alice pouvait l'entendre soupirer comme si son cœur allait se briser.

Elle se sentit subitement pleine de compassion et se hasarda:

– Pourquoi est-elle si malheureuse?

Le Griffon répondit en reprenant presque les mêmes mots:

– Eh bien, ce sont les histoires qu'elle s'invente. Vous savez, elle n'est jamais vraiment triste. Allez, venez!

Ils montèrent donc près de la Tortue-à-Tête-de-Veau qui les regardait avec ses grands yeux remplis de larmes, sans rien dire.

– Cette jeune fille ici présente voudrait bien connaître votre histoire, expliqua le Griffon.

– Dans ce cas, je vais la lui raconter, répondit la Tortue-à-Tête-de-Veau d'une voix triste et caverneuse. Asseyez-vous tous les deux et ne m'interrompez pas avant la fin !

Ils s'assirent donc et gardèrent le silence. Pendant plusieurs minutes, rien ne se passa. Alice pensa «Je ne vois pas comment elle pourrait finir son histoire si elle ne se décide pas à la commencer !» Mais elle attendit patiemment.

– Autrefois, dit enfin la Tortue-à-Tête-de-Veau dans un profond soupir, j'étais une vraie tortue.

Ces mots furent suivis d'un long silence entrecoupé uniquement par les «Ghrrrh !» du Griffon et les sanglots incessants de la Tortue-à-Tête-de-Veau.

Alice était sur le point de se lever et de dire «Merci, Madame, c'était une bien belle histoire»,

« Comment pourrait-elle finir son histoire
si elle ne se décide pas à la commencer ? »

mais elle ne pouvait s'empêcher de croire qu'il y avait une suite. Donc, elle resta assise tranquillement sans rien dire.

— Lorsque nous étions petites, continua enfin la Tortue-à-Tête-de-Veau plus calmement mais avec un sanglot par-ci par-là, nous allions à l'école dans la mer. La maîtresse était une vieille tortue de mer que nous appelions «la Tortue Grecque».

— Mais pourquoi l'appeliez-vous la Tortue Grecque si c'était une tortue de mer? demanda Alice, étonnée.

— Nous l'appelions la Tortue Grecque parce qu'elle nous enseignait le grec! répondit la Tortue-à-Tête-de-Veau, irritée. Qu'est-ce que vous êtes fatigante!

Et le Griffon en colère d'ajouter en remuant la queue:

— Vous devriez avoir honte de poser une question aussi ridicule!

Ils s'assirent en silence et dévisagèrent la pauvre Alice qui aurait voulu disparaître sous terre.

Finalement, le Griffon dit à la Tortue-à-Tête-de-Veau :

— Allons, chère amie, continuez, nous n'allons pas y passer la journée !

La Tortue-à-Tête-de-Veau poursuivit :

— Je disais donc que oui, nous sommes allées à l'école dans la mer, bien que vous ne me croyiez pas.

— Je n'ai jamais dit cela, interrompit Alice.

— Si ! affirma la Tortue-à-Tête-de-Veau.

— Taisez-vous ! ordonna le Griffon à Alice d'un ton menaçant, avant même que celle-ci ait eu l'occasion d'ouvrir la bouche.

La Tortue-à-Tête-de-Veau continua :

— Nous avons reçu une excellente instruction. En fait, nous allions à l'école tous les jours.

— Moi aussi, Madame. Il n'y a pas là de quoi être si fière, osa Alice.

— Est-ce que vous aviez des matières à option également ? demanda la Tortue-à-Tête-de-Veau, un peu anxieuse.

— Bien sûr, répondit Alice : le français et la musique.

« Je ne pouvais pas me le permettre. »

– Et le nettoyage ?

– Certainement pas, répondit Alice, indignée.

– Ah, alors votre école n'était pas si bonne que cela, dit la Tortue-à-Tête-de-Veau, soulagée. Voyez-vous, nous avions sur notre programme la mention « Matières à option : français, musique et nettoyage. »

– Vous ne deviez pas en avoir grand besoin, observa Alice, puisque vous viviez au fond de l'eau.

– De toute façon, je ne pouvais pas me le permettre. Je n'étais pas assez riche pour suivre les matières à options, dit la Tortue-à-Tête-de-Veau en soupirant. Je suivais seulement les cours généraux.

– C'est-à-dire ? interrogea Alice en se rapprochant de la Tortue-à-Tête-de-Veau pour être certaine de bien la comprendre.

– Eh bien, pour commencer, naturellement, « Rire et Médire ». Puis, les différentes parties de l'arithmétique : l'« Ambition », la « Distraction », l'« Enlaidification » et la « Dérision ».

— L' « Enlaidification » ? Tiens, je n'ai jamais entendu parler de ça. Qu'est-ce que c'est ? risqua Alice, un peu confuse.

Le Griffon leva les pattes en l'air pour manifester sa surprise :

— Vous n'avez jamais entendu parler de l'« Enlaidification » qui vient du verbe « enlaidir » ? Eh bien, vous savez ce que signifie le verbe « embellir » j'imagine ?

— Oui, répondit Alice en hésitant un peu : ça veut dire rendre quelque chose plus beau.

— Eh bien, Mademoiselle, si vous connaissez le verbe « embellir » et pas le verbe « enlaidir », excusez-moi mais vous n'êtes qu'une idiote !

La réponse agressive du monstre ne donna pas à Alice l'envie de s'étendre plus longtemps sur le sujet. Elle se tourna vers la Tortue-à-Tête-de-Veau et lui demanda :

— Qu'avez-vous appris d'autre ?

— Eh bien, il y avait le cours de « Mystère », répondit la Tortue-à-Tête-de-Veau en comptant les matières sur ses doigts, le Mystère « ancien » et

« Vous n'êtes qu'une idiote ! »

«nouveau», l'«Océanographie» et puis le «Yoga» avec la chandelle et le dodo en spirale.

— Comment cela? demanda Alice qui, de toute évidence, ne comprenait pas.

— Eh bien! Moi, je ne peux pas vous le montrer, répondit la Tortue-à-Tête-de-Veau, parce que je suis trop raide. Quant au Griffon, lui, il n'a jamais appris.

— Non, je n'avais pas le temps, expliqua le Griffon. Moi, j'ai fait les Classiques. Le prof de lettres était un vieux Crabe.

— Je ne suis jamais allée à ses cours, dit amèrement la Tortue-à-Tête-de-Veau. Mais j'ai entendu dire qu'il enseignait le «Rire» et le «Chagrin».

— C'est bien vrai, c'est bien vrai, répondit tristement le Griffon.

Et cette fois, tous deux cachèrent leur tête dans leurs pattes.

— Et vous aviez combien d'heures de cours par jour? demanda Alice.

— Dix heures le premier jour, neuf heures le suivant et ainsi de suite, répondit la Tortue-à-Tête-de-Veau.

– Quel drôle d'horaire ! s'étonna Alice qui, décidément, allait de surprise en surprise dans cette conversation.

– Mais voyons, expliqua le Griffon, pourquoi croyez-vous qu'on appelle ça des « cours » ? Parce qu'ils deviennent chaque jour de plus en plus courts !

C'était un concept assez révolutionnaire pour Alice et elle réfléchit un instant avant d'annoncer :

– Alors le onzième jour était un jour de congé ?

– Effectivement, répondit la Tortue-à-Tête-de-Veau.

– Et que se passait-il le douzième jour ? demanda Alice avec curiosité.

– En voilà assez avec les cours, interrompit sèchement le Griffon. Parlez-lui un peu des jeux, maintenant.

La Tortue-à-Tête-de-Veau soupira profondément et se frotta les yeux avec une patte. Elle jeta un regard triste vers Alice et essaya de parler, mais elle sanglotait tellement que c'était impossible.

« Peut-être que vous n'avez
jamais rencontré un Homard. »

– C'est comme si elle avait une arête dans le gosier, dit le Griffon, en secouant sa vieille amie et en la tapant vigoureusement dans le dos.

Finalement, la Tortue-à-Tête-de-Veau retrouva la voix et reprit son histoire, tandis que les larmes ruisselaient le long de ses joues:

– Peut-être n'avez-vous pas beaucoup vécu au fond de la mer.

– En effet, dit Alice.

– Et peut-être même n'avez-vous jamais rencontré un Homard...

– J'en ai goûté une fois... commença Alice, mais elle se ravisa aussitôt et répondit:

– Non, jamais.

– Alors vous n'avez aucune idée du charme que présente un Quadrille de homards! continua tout simplement la Tortue-à-Tête-de-Veau. Eh bien! Un peu de patience et je vous explique tout cela.

Chapitre 12

Le Quadrille des homards

– Maintenant que vous en parlez, j'aimerais beaucoup savoir ce qu'est un «Quadrille de homards», répondit Alice, impatiente. Je sais que c'est une danse, mais quelle sorte de danse ?

– C'est une sorte de danse en ligne, commença le Griffon en sautant devant elle et en agitant les pattes. Il faut commencer par former une ligne le long de l'eau…

– Deux lignes ! s'écria la Tortue-à-Tête-de-Veau qui se sentait un peu exclue de la conversation.

Les phoques, les tortues, les saumons et ainsi de suite… Puis, on débarrasse le terrain de toutes les méduses qui s'y trouvent.

« Quelle sorte de danse ? »

— Ce qui, en général, prend pas mal de temps, interrompit le Griffon.

— Vous faites deux pas en avant…

— Chacun avec un homard comme partenaire, expliqua le Griffon.

— Naturellement, dit la Tortue-à-Tête-de-Veau. Deux pas en avant, donc, en couple…

— Vous changez de partenaire et vous vous retirez dans le même ordre, expliqua le Griffon.

— Alors vous savez, continua la Tortue-à-Tête-de-Veau, vous jetez…

— Les homards ! hurla le Griffon en faisant un bond en l'air.

— Aussi loin que vous le pouvez dans la mer !

— Puis vous nagez derrière eux ! reprit le Griffon à tue-tête.

— Et vous faites un saut périlleux dans la mer ! cria la Tortue-à-Tête-de-Veau en faisant des cabrioles.

— Vous changez une nouvelle fois de partenaire, s'époumona le monstre.

– Vous revenez sur la terre et la première figure est terminée, dit la Tortue-à-Tête-de-Veau, en baissant brusquement le ton.

Et les deux créatures qui, pendant tout ce temps, avaient sauté dans tous les sens, s'assirent très tristes et très tranquilles et regardèrent Alice.

– Ce doit être une très jolie danse, dit calmement la petite fille.

– Voudriez-vous en voir un échantillon? demanda la Tortue-à-Tête-de-Veau.

– J'aimerais beaucoup cela, répondit Alice, pleine de tact.

– Essayons la première figure, dit la Tortue-à-Tête-de-Veau au Griffon. Nous n'avons pas vraiment besoin des homards, vous savez. Par contre, il faut que quelqu'un chante. Qui va chanter?

– Oh, chantez, très chère, dit le Griffon, moi j'ai oublié les paroles.

Et ils commencèrent à danser très solennellement en tournant autour d'Alice et en lui marchant sur les pieds chaque fois qu'ils approchaient.

Ils frappaient dans leurs pattes
avant pour battre la mesure.

ALICE AU PAYS DES MERVEILLES

Ils frappaient dans leurs pattes avant pour
battre la mesure, tandis que la Tortue-à-Tête-
de-Veau chantait tristement cette chanson :
Le merlan dit à l'escargot :
« Pourriez-vous avancer un peu ?
Parce qu'il y a derrière nous une
carpe qui me marche sur la queue.
Voyez-vous comme les homards
et les tortues avancent ?
Ils attendent sur le bord de l'eau
que vous entriez dans la danse.
Entrera-t-il, entrera-t-il, entrera-t-il
dans la danse ?
Vous ne pouvez pas vous imaginer
comme c'est beau
Que d'être pris et lancé, comme les
homards dans l'eau. »
Mais l'escargot répond avec grande
méfiance :
« Trop loin, trop loin » et refuse
d'entrer dans la danse.
Entrera-t-il, entrera-t-il, entrera-t-il
dans la danse ?

« Qu'importe la distance,
répond l'autre avec gaieté,
Il y a un autre pays de l'autre côté.
Loin de l'Angleterre mais proche de la
France,
Alors n'hésitez pas, cher escargot,
entrez dans la danse. »
Entrera-t-il, entrera-t-il, entrera-t-il
dans la danse ?

— Merci beaucoup, c'est une très belle danse, dit Alice, soulagée que ce soit terminé. J'aime cette chanson qui parle d'un merlan !

— Oh, le merlan, dit la Tortue-à-Tête-de-Veau, vous en avez déjà vu, bien entendu ?

— Bien entendu, dit Alice, j'en ai vu dans mon assi... et elle s'interrompit au beau milieu de sa phrase.

— Assi ? Je n'ai aucune idée où se trouve Assi, dit la Tortue-à-Tête-de-Veau, mais si vous en avez vu si souvent, vous savez exactement à quoi ils ressemblent.

« Merci beaucoup », dit Alice,
soulagée que ce soit terminé.

— Je pense bien, dit Alice d'un air dubitatif. Ils ont la queue dans la bouche et sont couverts de miettes de pain.

— Vous faites erreur pour les miettes de pain, répondit la Tortue-à-Tête-de-Veau, en posant ses pattes devant sa bouche pour cacher un sourire. La mer les enlèverait. Mais ils ont bien la queue dans la bouche et la raison en est...

Là-dessus, la Tortue-à-Tête-de-Veau bâilla et ferma les yeux.

— Expliquez-lui, dit-elle au Griffon, expliquez-lui tout.

— La raison en est, expliqua le Griffon, qu'ils voulaient aller danser avec les homards. Ils savaient qu'ils allaient être jetés à la mer et qu'ils tomberaient très loin. C'est pourquoi ils prirent leur queue dans leur bouche, si fort qu'ils ne purent plus la retirer. C'est tout !

— Merci, dit Alice poliment, c'est très intéressant. Je n'avais jamais rien appris d'aussi intéressant sur les merlans.

– Je peux vous en dire plus si vous voulez, reprit le Griffon. Savez-vous pourquoi on les appelle ainsi ?

– Je ne me suis jamais posé la question, réalisa Alice. Le savez-vous, vous ?

– Oui, c'est parce qu'on en fait des bottes et des chaussures, répondit le monstre très solennellement.

Alice était assez surprise :

– Des bottes et des chaussures ? répéta-t-elle d'un ton interrogateur.

– Eh bien quoi ? En quoi sont faites vos chaussures ? demanda le Griffon. Je veux dire, qu'est-ce qui les fait briller ?

Alice se pencha sur ses chaussures et réfléchit une minute avant de répondre :

– Je crois que c'est du cirage noir.

– Eh bien, dans la mer, les bottes et les chaussures sont blanches. Et elles sont faites avec du merlan qui, comme vous le savez, est un poisson blanc.

« N'importe quelle crevette
aurait pu vous le dire ! »

– Ah ! Et qui les fabrique ? demanda encore Alice.

– Les soles et les anguilles, bien entendu, répondit le Griffon avec impatience. Quelle question ! N'importe quelle crevette aurait pu vous le dire !

Au bout d'un instant, Alice qui réfléchissait toujours à la chanson dit :

– Si j'avais été le merlan, j'aurais dit à la carpe : « Gardez vos distances, s'il vous plaît, nous n'avons pas besoin de vous, ici ! »

– Mais ils devaient la garder près d'eux, déclara la Tortue-à-Tête-de-Veau. Un poisson raisonnable ne va jamais nulle part sans sa carpe !

– Vraiment ? dit Alice, en réalité assez étonnée.

– Bien sûr, dit la Tortue-à-Tête-de-Veau. Si un poisson m'annonçait qu'il part en voyage, je lui demanderais s'il n'a pas oublié sa carpe !

– N'est-ce pas plutôt « carte » que vous voulez dire ? demanda Alice.

– Je veux dire ce que je dis, un point c'est tout ! répondit la Tortue-à-Tête-de-Veau, offensée.

– Bon, ça suffit ! Racontez-nous quelques-unes de vos aventures, chère amie, ordonna le Griffon en s'asseyant à côté d'Alice.

– Je peux vous raconter tout ce qui m'est arrivé depuis ce matin, proposa prudemment Alice, mais il serait inutile d'aller plus loin en arrière, parce que j'étais alors une autre personne.

Alice commença alors son histoire au moment où elle vit le Lapin Blanc pour la première fois. Au début, elle était un peu nerveuse, mais lorsqu'elle vit que ses deux auditeurs s'étaient assis juste à côté d'elle et l'écoutaient avec beaucoup d'attention, elle trouva le courage nécessaire pour continuer.

– C'est une histoire bien étrange, remarqua le Griffon quand elle eut fini. Vous pouvez la répéter si vous voulez.

– Sur quel ton ces créatures s'adressent-elles à moi, pensa Alice. Enfin, elle se leva et reprit son histoire, mais sa tête était encore toute remplie du Quadrille des homards. Elle était à peine consciente de ce qu'elle racontait et ses mots sortaient dans le désordre :

Ses deux auditeurs l'écoutaient
avec beaucoup d'attention.

ALICE AU PAYS DES MERVEILLES

C'est la voix du Homard.
Je l'entends faire un aveu :
« Je suis trop cuit, me voilà brun.
Il faut mettre du sucre dans mes
cheveux »
Et, comme le canard joue de ses
paupières, lui avec son nez vermeil,
Il astique sa ceinture et ses boutons
et retourne ses orteils.
Lorsque le sable est sec, il est gai
comme un pinson,
Et se sent fort comme un bison.
Mais lorsque la marée monte et que
les requins abondent,
Sa voix disparaît comme s'il était seul
au monde.

— Eh bien, s'étonna la Tortue-à-Tête-de-Veau, je
n'avais encore jamais rien entendu de pareil, mais
cela m'a l'air complètement dénué de bon sens. Je
dirais même que c'est complètement absurde !

Alice ne dit rien. Elle était assise dans l'herbe, son visage dans les mains, en train de se demander si un jour, les choses redeviendraient comme avant.

— Je pense que vous feriez mieux de vous taire, dit le Griffon. Et Alice ne fut que trop heureuse d'en avoir fini.

Le Griffon prit la parole :

— Bon, voulez-vous voir une autre figure du Quadrille des homards ou voulez-vous entendre une chanson de la Tortue-à-Tête-de-Veau ?

— Oh oui, une chanson ! Je vous en prie, Madame la Tortue-à-Tête-de-Veau, répondit Alice avec un enthousiasme non dissimulé.

— Chacun ses goûts ! rétorqua le Griffon quelque peu offensé. Allez, ma vieille, chantez-lui «La soupe à la tortue» !

À ce moment précis, ils entendirent crier dans le lointain :

— Le procès commence !

— Venez, s'écria le Griffon.

Le Griffon prit Alice par le bras
et l'emmena à toute vitesse.

Et il prit Alice par le bras et l'emmena à toute vitesse. Au fur et à mesure qu'ils avançaient, la brise leur apportait la voix triste et entrecoupée de sanglots de la Tortue-à-Tête-de-Veau qui entonnait :

> Belle soupe si riche et verte,
> Qui fume dans la casserole ouverte,
> Bientôt servie dans la soucoupe,
> Soupe du soir, ô belle soupe !

Mais Alice ne pensait déjà plus à la pauvre Tortue-à-Tête-de-Veau. Elle pensait à sa nouvelle aventure. Tout changeait si vite et si souvent ici, qu'on n'avait pas le temps de réfléchir à ce qu'on venait de vivre sans se retrouver déjà dans la suite.

D'ailleurs, très vite, Alice ne put plus penser du tout, parce qu'elle dut se contenter d'essayer de suivre le Griffon qui galopait à toute allure en la traînant derrière lui.

Chapitre 13

Qui a volé les tartes ?

— De quel procès s'agit-il ? souffla Alice, en courant à côté du Griffon.

Mais le monstre répondit seulement :

— Venez ! Et il se mit à courir de plus belle.

La pauvre Alice avait bien du mal à le suivre.

Quand ils arrivèrent tout essoufflés à la cour, le Roi et la Reine de Cœur siégeaient sur leurs trônes.

Une grande foule était assemblée autour du couple royal – le paquet de cartes en entier ainsi que de nombreux oiseaux et autres animaux.

Le Valet était en avant, enchaîné et gardé par deux soldats. À côté du Roi se trouvait le Lapin

Le Roi et la Reine de Cœur
siégeaient sur leurs trônes.

Blanc, tenant une trompette dans une main et un parchemin dans l'autre.

Au milieu de la pièce, une table était dressée d'un immense plat de tartes qui semblaient toutes délicieuses.

— Je voudrais que ce procès se termine au plus vite, pensa Alice, et qu'on passe aux rafraîchissements.

Mais il n'y avait apparemment aucune chance qu'il en soit ainsi et elle se mit à regarder autour d'elle pour faire passer le temps.

Alice n'avait jamais mis les pieds dans un tribunal auparavant, mais elle avait appris beaucoup de choses dans les livres qu'elle avait lus.

— Lui, c'est le juge, se dit-elle, à cause de son énorme perruque !

Soit dit en passant, le juge n'était nul autre que le Roi, lequel portait sa couronne sur sa perruque. Et malheureusement pour lui, cette perruque ne lui allait pas très bien et le rendait plutôt mal à l'aise.

— Et voici le banc du jury, pensa encore Alice, et ces douze créatures sont les jurés.

Alice utilisa le terme «créatures» parce qu'il y avait là des oiseaux et d'autres animaux. Tous étaient occupés à écrire sur des ardoises.

— Qu'est-ce qu'ils font? murmura Alice à l'oreille du Griffon. Que peuvent-ils bien écrire, puisque le procès n'a pas encore commencé.

— Ils écrivent leur nom, expliqua le Griffon à voix basse, pour être certains de ne pas l'oublier avant la fin du procès.

— Sont-ils bêtes! prononça Alice à voix haute.

— Silence! s'écria le Lapin Blanc.

Le Roi mit ses lunettes et chercha autour de lui qui avait parlé.

Alice pouvait voir aussi clairement que si elle avait été penchée au-dessus de leurs épaules, que tous les jurés étaient en train d'écrire «Sont-ils bêtes!» sur leurs ardoises. L'un d'entre eux ne savait pas comment écrire «bêtes» et il dut demander l'aide de son voisin.

L'un d'entre eux ne savait pas
comment écrire « bêtes ».

– Eh bien ! pensa Alice, son ardoise sera dans un sale état d'ici la fin du procès.

L'un des jurés, Pierre le Lézard, avait un crayon qui grinçait. Ce bruit tapait tellement sur les nerfs d'Alice qu'elle finit par se placer derrière lui pour lui arracher le crayon des mains sans même qu'il s'en aperçoive. Le pauvre animal écrivit donc avec son doigt pendant le reste de la journée ce qui, en fait, fut inutile puisque rien n'apparut sur l'ardoise.

– Greffier, lisez l'acte d'accusation, ordonna le Roi.

Le Lapin Blanc souffla trois coups de trompette puis déroula le parchemin et lut :

« Par une belle journée d'été, la Reine de Cœur avait préparé des tartes. Mais le Valet de Cœur les a volées pour les manger. »

– Jurés, rendez votre verdict ! ordonna le Roi.

– Pas encore ! Pas encore ! protesta le Lapin Blanc. Il y a beaucoup à faire avant le verdict !

– Appelez le premier témoin à la barre ! dit le Roi.

Le Lapin Blanc souffla trois coups de trompette et appela :

– Premier témoin, s'il vous plaît !

Le premier témoin était le Chapelier. Il entra, une tasse de thé dans une main et un morceau de pain beurré dans l'autre :

– Je vous demande pardon, Votre Majesté, commença-t-il, de me présenter dans cet état, mais je n'avais pas terminé mon thé lorsque je fus appelé.

– Vous auriez dû avoir fini, dit le Roi. Quand avez-vous commencé ?

Le Chapelier se retourna vers le Lièvre de mars, qui l'avait suivi au tribunal, bras dessus, bras dessous avec le Loir :

– Si je me souviens bien, dit-il, c'était le quatorze mars.

– Le quinze, corrigea le Lièvre de mars.

– Le seize, s'écria le Loir.

– Prenez note, dit le Roi aux jurés.

Obéissants, les jurés inscrivirent toutes les dates sur leurs ardoises, les additionnèrent et transformèrent le résultat en livres sterling.

Le Lapin Blanc souffla
trois coups de trompette.

– Ôtez votre chapeau, dit le Roi au Chapelier.

– Ce n'est pas le mien, dit le Chapelier.

– Si ce n'est pas le sien, il l'a donc volé ! s'exclama le Roi, en se tournant vers les membres du jury qui prirent instantanément note de ce fait.

– Mais non, je vends des chapeaux, expliqua le Chapelier. Je n'en ai pas un seul à moi. Je suis chapelier.

– Passons à votre témoignage, intervint le Roi, et ne soyez pas nerveux sinon je vous fais exécuter sur-le-champ.

Cette dernière remarque ne sembla pas du tout encourager le témoin. Il dansait d'un pied à l'autre, regardait la Reine à la dérobée. Il était tellement troublé qu'il mordit dans sa tasse plutôt que dans son pain.

Juste à ce moment, Alice se rendit compte qu'elle était en train de grandir. Elle voulut d'abord quitter le tribunal, mais, réflexion faite, elle décida de rester tant qu'il y aurait de la place pour elle.

— Vous êtes en train de m'écraser, se plaignit le Loir qui était assis à côté d'elle. Je peux à peine respirer.

— Ce n'est pas ma faute, répondit Alice, humblement, je suis en train de grandir.

— Mais, vous n'avez pas le droit de grandir ici, rétorqua le Loir.

— Ne dites pas de bêtises, répliqua Alice brusquement, vous savez bien que vous grandissez aussi.

— Oui, mais moi je grandis à une vitesse raisonnable, dit le Loir, pas de manière aussi ridicule. Et, furieux, il se leva pour aller de l'autre côté du tribunal.

Pendant tout ce temps, la Reine n'avait pas quitté le Chapelier des yeux et, juste au moment où le Loir traversait le tribunal, elle ordonna à l'un des gardes :

— Apportez-moi la liste des chanteurs du dernier concert !

Sur ces mots, le Chapelier se mit à trembler si fort qu'il en perdit ses chaussures.

« Je suis un pauvre homme, Votre Majesté. »

– Nerveux ou pas, faites votre déposition, répéta le Roi, furibond, ou je vous fais exécuter !

– Je suis un pauvre homme, Votre Majesté, commença le Chapelier d'une voix tremblante, et je n'avais pas fini mon thé... et les tartines de plus en plus fines... et le tintement du thé...

– Le tintement de quoi ? demanda le Roi.

– Tout a commencé avec le thé, répondit le Chapelier.

– Naturellement, dit le Roi d'un ton aigre, «tintement» commence par un «T». Vous me prenez pour un imbécile ?

– Et après ça, tout s'est mis à tinter, continua le Chapelier, mais le Lièvre de mars a dit...

– Je n'ai rien dit ! l'interrompit le Lièvre de mars.

– Il le nie, déclara le Roi. Laissez tomber ce passage.

Le Chapelier reprit en regardant si le Loir nierait également. Mais la pauvre petite bête ne nia rien du tout parce qu'elle était profondément endormie.

— Après cela, continua le Chapelier, j'ai préparé quelques tartines au beurre.

— Mais, qu'est-ce que le Loir a dit ? demanda l'un des jurés.

— Je ne me souviens pas très bien, marmonna le Chapelier.

— Vous devriez vous en souvenir, observa le Roi, sinon je vous fais couper la tête.

— Votre Majesté, je suis un pauvre homme, recommença le Chapelier en laissant tomber sa tasse de thé et son pain beurré et en se mettant à genoux pour l'implorer.

— Vous êtes surtout un bien pauvre orateur, dit le Roi.

Et il ajouta :

— Si c'est tout ce que vous savez, vous pouvez descendre !

— Je ne peux pas descendre plus bas, dit le Chapelier, je suis déjà couché par terre.

— Alors, allez vous asseoir, répondit le Roi.

— Je préférerais finir mon thé, dit le Chapelier, en lançant un regard inquiet à la Reine qui était en train d'analyser la liste des chanteurs.

« Ou je vous fais couper la tête ! »

— C'est bon, vous pouvez vous retirer, dit le Roi.

Et le Chapelier quitta précipitamment le tribunal sans même remettre ses chaussures.

— Appelez le témoin suivant à la barre! s'écria le Roi.

Il s'agissait de la Cuisinière de la Duchesse. Elle tenait sa boîte de poivre dans sa main, et Alice devina que c'était elle avant même de la voir car tous ceux qui étaient assis à côté de la porte se mirent à éternuer en même temps.

— Faites votre déposition! ordonna le Roi.

— Je refuse, dit la Cuisinière.

Le Roi se tourna vers le Lapin Blanc qui lui dit à voix basse:

— Votre Majesté, vous devez contre-interroger ce témoin.

— Avec quoi fait-on les tartes, en général? demanda le Roi d'une voix profonde.

— Avec du poivre, presque toujours, répondit la Cuisinière.

— Avec de la mélasse, murmura derrière elle une petite voix endormie.

– Coupez la tête de ce Loir! hurla la Reine. Sortez-le de ce tribunal! Coupez-lui les moustaches!

Pendant les quelques minutes qui suivirent, le plus grand désordre régna dans tout le tribunal.

Et quand le silence revint, la Cuisinière avait disparu.

– Tant pis! dit le Roi, d'un air soulagé. Faites venir le prochain témoin! Puis il ajouta à voix basse à la Reine: Ma chère, pourriez-vous contre-interroger le prochain témoin? Tout cela m'a donné un affreux mal de crâne!

Alice observait le Lapin Blanc qui se débattait avec sa liste. Elle se demandait qui serait le prochain témoin. Puis elle pensa:

– Ils n'ont pas beaucoup de preuves jusqu'à présent!

Imaginez sa surprise lorsque le Lapin Blanc cria de sa petite voix aiguë:

– Alice!

Elle renversa le banc du jury avec sa jupe.

Chapitre 14

La déposition d'Alice

— Présente, s'écria Alice, tellement troublée qu'elle en avait presque oublié combien elle avait grandi pendant les dernières minutes. Elle se leva si brusquement qu'elle renversa le banc du jury avec sa jupe, projetant les jurés dans tous les sens. Il y en avait partout. Ils se débattaient un peu comme les poissons rouges dont elle avait renversé l'aquarium une semaine auparavant.

— Je vous demande pardon, s'excusa-t-elle, consternée. Puis elle commença à les ramasser aussi vite qu'elle le pouvait, car elle avait l'impression que si elle ne les replaçait pas très rapidement sur leur banc, ils mourraient.

— La séance est suspendue, déclara le Roi d'un ton très grave, jusqu'à ce que Messieurs les jurés aient repris leur place.

En prononçant ces mots, il dévisageait Alice.

Alice tourna la tête vers le banc du jury et s'aperçut que, dans sa précipitation, elle avait replacé le Lézard la tête en bas. La pauvre petite bête balançait mélancoliquement la queue, incapable qu'il était de se mouvoir seul. Elle l'empoigna et le remit dans le bon sens.

Dès que les jurés furent remis de leurs émotions, ils reprirent tous leurs ardoises et leurs crayons et notèrent assidûment tous les détails de leur accident. C'est-à-dire tous, sauf le Lézard, qui semblait trop mal en point pour faire quoi que ce soit sinon s'asseoir, la bouche ouverte, en regardant le plafond du tribunal.

— Que savez-vous de l'affaire qui nous occupe ? demanda le Roi.

— Rien, répondit Alice, le plus honnêtement du monde.

Elle avait replacé le Lézard la tête en bas.

— Vraiment rien ? insista le Roi en se penchant vers elle et en la dévisageant.

— Non, vraiment rien, confirma Alice.

— Ça, c'est un élément très important ! Prenez note, dit le Roi en se tournant vers le jury.

Les jurés étaient sur le point d'écrire ces mots sur leurs ardoises lorsque le Lapin Blanc intervint, très respectueusement, mais en fronçant les sourcils et en faisant des grimaces :

— Votre Majesté a certainement voulu dire sans importance !

— Naturellement, je voulais dire sans importance, admit le Roi, et il murmura doucement « très important, sans importance, très important, sans importance, très important, sans importance », un peu comme s'il essayait de savoir ce qui sonnait le mieux.

Certains jurés écrivirent « très important », d'autres « sans importance ».

Alice put le voir sans problème, parce qu'elle se trouvait suffisamment près d'eux pour lire sur leurs ardoises. « Cela ne présente vraiment aucun intérêt » pensa-t-elle.

– Silence! ordonna le Roi. Et il lut dans son livre: «Article 42: toute personne mesurant plus d'un kilomètre et demi doit quitter le tribunal.»

Tous les regards se tournèrent vers Alice:

– Je ne mesure pas un kilomètre et demi, déclara-t-elle.

– Non, vous en mesurez presque trois! ajouta la Reine.

– Eh bien, en tout cas, je refuse de partir, répondit Alice. En plus, cet article n'est pas légal, vous venez de l'inventer!

– C'est le plus ancien article du Code! dit le Roi, en refermant son livre.

Puis il s'adressa au jury d'une petite voix chevrotante:

– Jurés, rendez votre verdict!

– S'il vous plaît, Majesté, il y a d'autres dépositions, intervint le Lapin Blanc: on vient de trouver cette lettre.

– Que dit-elle? demanda la Reine.

– Je ne l'ai pas encore ouverte, répondit le Lapin Blanc, mais on dirait une lettre écrite par le prisonnier à... à... quelqu'un!

« Je n'ai pas écrit cette lettre », dit le Valet.

– En effet, dit le Roi, elle doit être écrite à quelqu'un, sinon ce ne serait pas normal.

– À qui est-elle adressée? demanda l'un des jurés.

– Elle n'est adressée à personne, répondit le Lapin Blanc. En fait, il n'y a rien d'écrit sur l'enveloppe.

Il déplia le papier et ajouta:

– En fait, ce n'est pas une lettre, c'est un poème.

– Est-ce que c'est l'écriture du prisonnier? demanda un autre juré.

– Non! Et c'est ce qu'il y a de plus curieux, répondit le Lapin Blanc.

Les jurés avaient l'air un peu déconcertés.

– Il doit avoir imité l'écriture de quelqu'un d'autre, dit le Roi.

À ces mots, les jurés semblèrent retrouver leurs esprits.

Le Valet prit la parole:

– Je vous en prie, Votre Majesté, je n'ai pas écrit cette lettre. Personne ne peut prouver que c'est moi qui l'ai écrite, puisqu'elle n'est même pas signée.

– Si vous ne l'avez pas signée, dit le Roi, ça aggrave votre cas. C'est que vous aviez de mauvaises intentions, sinon vous auriez signé, comme tout honnête homme l'aurait fait.

Il y eut un applaudissement général, comme si tout le monde estimait que c'était la première fois que le Roi disait quelque chose de sensé.

– Cela prouve qu'il est coupable, intervint la Reine. Qu'on lui coupe...

– Cela ne prouve rien du tout, l'interrompit Alice. Vous ne savez même pas ce qu'il y a dans ce poème.

– Lisez-le ! ordonna le Roi.

Il y eut un lourd silence dans la salle et le Lapin Blanc commença sa lecture :

«Ils m'ont dit que vous lui aviez rendu visite,
Et que vous lui aviez parlé de moi.
Elle a dit que j'étais un chic type,
Mais que je n'étais pas très adroit.
Il lui écrivit que je n'étais pas parti,
Et nous savons tous que c'est vrai.

Il y eut un applaudissement général.

ALICE AU PAYS DES MERVEILLES

Mais si elle nous avait surpris,
Vous, qu'auriez-vous fait ?

Je lui en ai donné une, ils lui en ont donné deux,
Vous nous en avez donné au moins trois.
Elles vous sont revenues selon votre vœu,
Mais quoi qu'on en dise, elles étaient à moi.

S'il nous arrive, à moi ou à elle, par hasard,
D'être impliqués dans cette affaire,
Il pense que vous les libérerez sans rien faire,
Exactement comme pour nous, et sans retard.
À mon avis, vous étiez,
Avant qu'elle ne se mette en colère,
Tout simplement un obstacle entier,
Entre lui, nous et cette affaire.

Il ne faut pas qu'il sache qu'elle les préférait.
Cela doit absolument et pour toujours entre
nous,
Rester un secret, un grand secret,
Entre moi et vous. »

— C'est la pièce à conviction la plus intéressante que nous ayons jamais entendue, dit le Roi.

— Sauf que ces vers n'ont aucun sens, répondit Alice, qui avait tellement grandi qu'elle ne craignait plus d'interrompre le Roi.

— C'est parfait, dit le Roi, s'ils n'ont aucun sens, nous ne devrons pas nous fatiguer à en chercher un. Et d'ailleurs, je ne suis pas convaincu qu'ils n'aient aucun sens, continua-t-il en dépliant le papier sur ses genoux et en lisant à haute voix. Il me semble bien y trouver un certain sens. Tiens, prenons par exemple : « Mais que je n'étais pas très adroit. » Vous n'êtes pas très adroit, n'est-ce pas ? demanda-t-il au Valet.

Le Valet secoua tristement la tête en répondant :

— Est-ce que j'en ai l'air ?

Et en effet, entièrement fait de carton, il n'avait pas l'air très adroit.

Le Roi continua à lire les vers à voix basse : « Et nous savons tous que c'est vrai. » — il s'agit des jurés, bien entendu — « Mais si elle nous avait surpris. » — ce doit être la Reine — « Vous, qu'auriez-vous fait ? »

« Jamais ! » s'exclama la Reine.

— Oui, qu'auriez-vous fait en effet ? — «Je lui en ai donné une, ils lui en ont donné deux.» — ce doit être ce qu'il a fait avec les tartes !

— Mais regardez la suite, dit Alice : «Elles vous sont revenues selon votre vœu.»

— Bien sûr, les voici ! s'écria le Roi, d'une voix triomphante en indiquant les tartes sur la table. Cela me paraît clair comme de l'eau de roche. Et voyez ensuite : «Avant qu'elle ne se mette en colère» — je crois que vous ne ressentez jamais de colère, n'est-ce pas, ma chère ?

— Jamais ! s'exclama la Reine en lançant un encrier à la tête du Lézard.

Le pauvre petit Pierre avait jusque-là renoncé à écrire avec son doigt sur son ardoise puisqu'il avait constaté que c'était inutile, mais il se remit au travail en utilisant l'encre qui dégoulinait de sa figure.

— Donc, le mot «colère» ne «colle» pas ! dit fièrement le Roi, en regardant tout autour de lui avec le sourire.

Il y eut un silence de mort, puis :

— C'est un jeu de mots ! précisa le Roi, mécontent.

Et tout le monde se mit à rire.

— Jurés, rendez votre verdict ! ordonna le Roi.

— Non et non ! intervint la Reine : sentence d'abord, verdict après !

— Mais voyons, ça n'a aucun sens, s'écria Alice, cette idée d'exiger une sentence avant un verdict !

— Taisez-vous ! hurla la Reine, dont le visage était devenu pourpre.

— Non, je ne me tairai pas, rétorqua Alice.

— Qu'on lui coupe la tête ! cria la Reine, le plus fort qu'elle put.

Mais personne ne bougea.

— Je n'ai absolument pas peur de vous, dit Alice qui, entre-temps, avait repris sa taille normale. Après tout, vous n'êtes qu'un vulgaire paquet de cartes !

Et à ces mots, le jeu complet s'envola dans les airs pour retomber sur Alice, comme pour l'attaquer.

La petite fille en pleurs essaya de les chasser et se retrouva couchée au bord de la rivière, la tête

« Vous n'êtes qu'un vulgaire
paquet de cartes ! »

sur les genoux de sa sœur qui enlevait délicatement quelques feuilles tombées sur son visage.

— Réveille-toi, Alice chérie! dit sa sœur. Quel long somme tu as fait!

— Oh! Si tu savais! J'ai fait un rêve, un rêve... répondit Alice.

Et elle raconta à sa sœur toutes les aventures que vous venez de lire.

Lorsqu'elle eut fini son histoire, sa sœur l'embrassa et lui dit:

— C'était un rêve bien étrange, mais maintenant lève-toi. Tu dois prendre ton thé, il commence à se faire tard.

Alice se leva alors et partit, en pensant au rêve extraordinaire qu'elle venait de faire. Et quelque part, au plus profond de son cœur, elle savait qu'elle ne l'oublierait jamais!

Payette & Simms inc.

Achevé d'imprimer en juillet 2003 sur les presses de
Payette & Simms inc. à Saint-Lambert (Québec)